小説　市村鉄之助

原作・挿絵　イチリ（サークル：23.4ド）

ボクの理想の異世界生活

My Ideal Different World Life

ケモ耳美少女ハーレムでエッチな日常

二次元ドリーム文庫

登場人物紹介

ミーシア

ノルンの婚約者な猫耳少女。
ノルンよりも少し年上な第一夫人。
普段は食堂で接客業をしている。

ノルン

テクノブレイクで
異世界転生した
ショタ少年。

チセ

ミーシアの幼馴染。
仕事やエッチで忙しい
ミーシアの代わりに
家事をするメイドとして
ノルンの家にやってくる。

ラビメア

ノルン宅の隣に住む
兎耳の女の子。
エッチなことに興味津々な
巨乳美少女で、
ノルンと同じ転生者。

プロローグ

ボクの趣味は、かわいい少女たちを愛《め》でることだった。
(……もうボクは女の子に触れることはないんだろうな)
今年、四十歳となった独身のボクには絶望しかなかった。
だから暗い未来を忘れようと、お気に入りの子の撮影会には毎回参加している。
「あおいタン、今日もかわいかったなぁ」
ボクは脳内で、被写体となった少女の下着を脱がす妄想を始める。
そのままセックスへ突入だ。
腰を振る自分を想像しながら、撮影会帰りは必ず行っているオナニーを始めた。
彼女もおらず持て余している性欲は強く、今日だけですでに十一回も射精していた。
そして、十二回目の射精に達した瞬間、
プツン、と頭の中のスイッチが切れた気がした――。

◆

「──ン。……ルン。ノルン、ノルンっ！」

誰かの声が聞こえ、ボクは覚醒した。

（──な、なんだ……？）

そんなことを思いながら目を開けると、眼前に可憐な女の子がいた。

（だ、誰？　──って、猫耳!?　ていうか、すごくかわいい！）

「ノルン！」

瞳に涙を浮かべて誰かの名を呼ぶ彼女は、猫耳を生やした美少女だった。

ピンク色の両側をリボンで結ったツインテールがよく似合っている。

胸はやや控えめながら衣服が無防備に透けていて、つい視線がそちらに向いてしまいそうになる。

──全身が濡れているのはなぜだろうか、と内心首を傾《かし》げた。

（あれ？　ボクも濡れてないかな？）

目の前の少女に事情を尋ねようと口を開いた瞬間、強烈《きょうれつ》な嘔吐《おうと》感に襲われる。

「──ごほっ、ごほっ!?」

何度か咳を繰り返すと、肺に溜まっていた水が出ていくのがわかった。

そこでようやく自分が慣れ親しんだ部屋ではなく、外にいることに気づいた。

（え？　か、河原？　なんで？　まさか、溺れてたの？）

出かけた記憶がないボクが戸惑っていると、少女が飛びついてきた。

思わず身体を受け止める。

（や、柔らかい！　あと、すごくいい匂いがする！）

ボクが少女の肉体に感動していると、彼女は感極まったように言葉を発した。

「気がついた！　よかった！　よかった！　よかったよぉ！」

「え？　……君は？　誰？」

女の子の柔らかさを味わいながら、戸惑いつつ問うと、少女は少しだけ驚いた顔をして、
ボロボロと涙をこぼした。

（え⁉　なんで泣いちゃうの⁉）

「ノルン？　私のことがわからないの？　ミーシアだよ？」

「ミーシア？」

「そうだよ！　ノルンは川で溺れて死んじゃうところだったんだよ」

「ノルンって、……もしかしてボクのこと？」

「そうだよ⁉　しっかりして！　自分の顔をよく見て！」

ミーシアと名乗った猫耳美少女に促され、鏡代わりに水面を覗く。

綺麗な川に映っていたのは、獣耳が生えたかわいらしい少年だった。

第一章

どうやら異世界転生してしまったらしい。

獣耳少年ノルンとなったボクは河原から家に帰り着くと、見覚えのないリビングでミーシアから聞いたこの世界のことを考えていた。

(まさか異世界に転生するなんて……こういうのは漫画やラノベだけだと思ってたんだけど、実際に起きると戸惑うなぁ)

異世界というだけあり、元の世界と大きな違いがいくつもあると知った。

まず、この世界の住人は中世ヨーロッパに近い暮らしをしていて、みんななにかしらの獣耳と尻尾を持っているのだそうだ。

(実際、すれ違う人たちがみんなケモノ娘！　しかもみんなかわいい！)

次に、雄よりも雌のほうが数が多く、一夫多妻制が当たり前で雌がほとんどの労働を担ってくれるらしい。

(女の子のほうが多いとか、どこの逆転世界なんだろうか？)

そして雌は地球でいう十代半ばの姿のままほとんど成長しなくなるという。

(――実に素晴らしい世界だ)

それらの話を聞き終えたノルンが、

「――なんてボクに理想的な世界なんだ！」

という結論を出し、ガッツポーズで叫んでしまったのも無理はない。

実に男にとって――いや、こちらの世界風にいうのなら、雄にとって都合のいい世界なのだ。

（しかも、ミーシアはなんとボクの婚約者！）

この世界では、風習として初婚は親同士が決めるものであり、ミーシアはノルンのひとり目の妻になる予定の女の子だった。

聞けば、十日ほど前から結婚前の同棲期間として一緒に暮らし始めていたらしい。

（こんな美少女とふたりで暮らしているなんて羨ましいぞ、ノルン君！　……いや、今はボクか）

と、そんなことを考えている内に、我が家に着いてしまった。

（ここがボクの家？　うわー、全然記憶にないや。それにしても、まさか夢のマイホームを異世界に転生してから速攻で手に入れることになるとは……しかも美少女付き！）

さっそく家の中に入り、見慣れないリビングを見渡していると、声をかけられた。

「どうしたの、ノルン？　早くお風呂に入らないと」

ミーシアがとくに恥ずかしがりもせず服を脱いでいた。

「って、ええっ!?　なんで脱いでるの??」

すとん、とワンピースを脱いだミーシアはかわいいショーツが丸見えだ。

ショーツだけじゃない。すらりとしたしなやかな手足、おっぱいは小ぶりでかわいらしいがそれでも柔らかそうだった。ツンとしたピンク色の乳首が実に美味しそうだ。

(うわーっ、うわーっ！　すごい！　美少女の、ミーシアの裸！　肌、白っ！　手とか、足、細っ！　おっぱいっ、乳首、丸見え！　ありがとうございます！)

驚きながらも、顔が熱くなってしまい、美少女の半裸姿から顔が背けられない。

「なんでって……早くお風呂に入らないと風邪ひいちゃうよ！」

「そりゃ、川で濡れたけど」

「ほらノルンも早く脱いで」

「ひぇぇっ」

ミーシアは羞恥心がないのか、ノルンが裸体をガン見しているのに平然としていた。

さらに彼女はまるで、姉が弟の世話を焼くように、こちらの服を脱がそうとしてくる。

「ちょ、ま、待って」

「だーめ」

少女は平然としているが、ノルンは羞恥で身体が熱く火照るのがわかった。

裸の美少女が服を脱がそうと密着してくるのだ。

いい匂いはするし、柔らかいものが身体に触れる。その度に、体温が徐々に上がっていき、股間にも熱が溜まっていく。

さらに、無防備な少女が動く度に乳房はもちろんのこと、股間の縦筋までがはっきりと見えてしまう。

(うわぁ……あそこ、丸見え……すごいぃ、うっ、勃起《ぼっき》しそう)

「はーい、脱ごうねー」

「あ」

ミーシアの秘部に視線を集中していたせいで、ノルンは捕まってしまい、衣服を手際よく脱がされてしまった。

勃起こそしていないが、人並みに羞恥心のあるノルンは、ミーシアの視界からできるだけ股間を隠そうと、手で覆って腰を引いた。

(うぅ……なんだか情けない。でも、恥ずかしいよりはいいかなぁ)

「はい、じゃあ、お風呂にいこ」

そして、そのまま腕を引かれお風呂場への扉を開いた瞬間、ノルンは驚きで目を見開いた。

(うわ、広っ！　ふたりで入っても余裕があるなぁ)

タイル張りの浴室はノルンとミーシアがふたり並んでもまだ余裕がある。

浴槽も、やはり大きく、ふたり、いや三人で入れる大きさだ。

浴室の隅にはノルンとミーシア用なのだろう。青とピンクのバスチェアが置いてあった。

（も、もしかすると、お風呂でエッチすることや、将来的に子供ができたときのために大きくできているのかな？）

「はい、座って。洗ってあげるね」

ミーシアに背を押され、ノルンはバスチェアに座らされてしまう。

「じ、自分でできるよ！」

「えー」

さすがに女の子に身体を弄《いじ》られるのが恥ずかしかったので、自分でスポンジを持ったのだが、目に見えてミーシアがしょんぼりしてしまった。

「……あ、洗ってください」

「うん！　まかせてね！」

根負けして、ついお願いしてしまった。

すると彼女はたちまち笑顔となり、スポンジを泡立て、背中を上下に扱いてくれた。

「ノルン気持ちいい？」

「う、うん。とっても気持ちいいよ」

「うふふっ、ノルンったら川で溺れてから人が変わったみたいに素直になったね」

「……そ、そうかな？」

「そうだよ。昨日までは、私が洗ってあげようとしてもすごく嫌がってたのに」

「そ、そうだっけ？　すごく気持ちいいのに今までもったいないことしたなー」

棒読みで返事をするノルン。

（かわいい女の子と一緒にお風呂……しかも身体を洗ってくれるなんて、最高すぎる）

ときどきおっぱいが背中に当たるのも嬉しい。

スポンジ越しとはいえ、はっきりとした柔らかさが伝わってくる。とくにおっぱいの柔らかさが群を抜いて気持ちいい。

ミーシアが泡立てたスポンジで、身体を擦《こす》ってくれる度に、身体中に彼女の手足が触れていく。その柔らかさ、お湯を弾く肌のハリ、すべてが最高だった。

一生懸命洗ってくれる少女が動けば動くほど、長い髪の甘い香りが鼻腔をくすぐってくれる。

このひとつひとつに、得も言われぬ快楽を感じるとともに、年頃の女の子に身体を洗ってもらっているという事実に、羞恥を煽《あお》られてしまう。

（きっとノルン君は恥ずかしかったんだろうなぁ）

自分でも照れ臭さを覚えるので、年頃の少年だとさらにその思いは強いのだろう。

美少女に身体を洗われる羞恥心はもちろん、手足やおっぱいの柔らかさ、ミーシアのいい匂いのすべてはノルン少年には毒だったのかもしれない。

しかし、今のノルンにとっては恥ずかしさよりも、興奮のほうが強かった。

地球でもそうそうお目にかかれない、猫耳の美少女が全裸で身体を洗ってくれるのだ。

いくら恥ずかしくても、この状況から逃げるはずがない。

しかも、身体は火照り、股間はこれでもかと勃起している。

タオルで一応は隠しているものの、タオルを突き抜けんとばかりに男根が興奮を主張していた。

できることなら、こっそりとシコってすっきりしたいほど、ガッチガチに硬くなっている。

つまり、逃げようものなら勃起がバレてしまうので、動けないというのが最大の理由だった。

「あれ?」

「うん?」

背中で少女を堪能していると、ミーシアが疑問の声をあげた。

「ノルンのおちんちん……おっきくなってる?」

「――ん? あ、こ、これはその!」

申し訳程度にタオルを巻いているが、興奮により怒張した男根ははっきりと確認できる。

慌てて股間を隠そうとするノルンだが、それよりも早くミーシアがタオルを剥《は》ぎ取ってしまった。

「隠さないでもっと見せて！」

「――わぁっ⁉」

背後から少年の前方に移動したミーシアの眼前に、雄々しく反り勃《た》った陰茎が現れた。

「……すごい……はじめて見た！」

ミーシアは声を震わせて、食い入るように勃起した肉竿を凝視してくる。

（うわっ。ボクの勃起ちんこを美少女がこんな近くで見てる！）

美少女にペニスをガン見されている羞恥心が、興奮へと変化していった。

無理もない。興味深そうに竿を眺める少女の吐息がくすぐったくかかるのだ。それだけで射精してしまいそうになる。

「男の人って、年に一回の発情日に勃起するんだよね？　今日はノルンの発情日なのかな？」

（……発情日ってなんだ？　この世界の雄って、年に一回しか勃起しないってこと？　……どんだけ草食系なんだよ）

性欲が強くオナニー三昧だったノルンからすれば、年に一度の勃起などありえない。

内心、異世界の性事情に呆れていると全裸のミーシアが身を乗り出して尋ねてきた。

「ねぇねぇっ、どうしたらいいのかな？」

「え？　どうしたらって」

「まだ先の話だと思ってたからお母様に詳しく聞いてないの」

（——これは、まさかのいきなりエッチフラグ!?）

ごくり、とノルンは唾を飲んだ。

（いいよな……一応、夫婦になるわけだし……うん）

緊張と興奮の中、初めてのエッチを迎えられるチャンスに胸を高鳴らせながら、ミーシアにお願いした。

「ええと……じゃあ、優しく舐《な》めてくれる？」

「こ、こう？」

——ぺろんっ。

「はうっ！」

なんの躊躇《ためら》いもなく舌先で亀頭を撫でられたノルンの背筋に、未知の快感が走った。

最初に伝わってきたのは、ミーシアの舌の柔らかさだった。少しざらっとしつつも、唾液に濡れてねっとりとした感触だ。

なによりも火傷《やけど》しそうなほど熱かった。

思わず背がのけ反り、反射的に情けない声を出してしまう。

そのせいで、ミーシアが舌を亀頭から離し、慌て声をあげた。

「ご、ごめん、痛かった？」

不安そうにする少女に、平気だと笑顔を浮かべて安心させる。

「ううん、すごく気持ちよかった……ミーシア、もっとしてくれる？」

自分の手など比べ物にならない気持ちよさをもっと味わいたいと、ノルンはおねだりをする。

ミーシアは嫌な顔ひとつすることなく、頬を染めて再び亀頭を舐め始める。

「う、うん、こうかな？　ぺろっ、んっ、ぺろぉっ……ん、ノルンのおちんちん、大きいね？」

ペロペロ、とぎこちなさを感じさせるが、それが逆に初々しくてたまらない。

「はぁっ、んっ！　あっ、ああっ、きもちぃよ……ミーシア！」

尻尾とお尻を揺らしながら、一生懸命な舌愛撫を続けられ、ノルンから切ない声が漏れていく。

(なんだこれ……っ、なんだこれ!?　気持ちよすぎて声が出ちゃうっ！)

女の子から、それも猫耳美少女のミーシアから受ける初フェラは、ノルンの想像を絶する気持ちよさだった。

(こんなことしてもらったら、二度とオナニーなんてできないっ！)

「ちゅるっ、ちゅうっ……れろっ、んっ、れろぉっ……ねぇ、ノルン？　おちんちんの先からなにかヌルヌルしたのが出てきたよ？　ちゅうっ、なんか、変な味ぃ、でも、嫌いじゃないかも、ちゅうっ」

「き、気持ちいいとっ、出てくるんだっ……あひぃっ」

ミーシアは舌で奉仕するだけでは飽き足らず、細い指で鈴口を弄りながら、舌を陰茎に這《は》わせていく。

先走り汁とミーシアの唾液で、男根はすっかりベトベトだ。同じくらい、少女の口周りも、汚れてしまっている。

しかし、ミーシアは気にすることなく奉仕してくれる。

彼女の指が陰茎に触れる度、くちゃくちゃと卑猥《ひわい》な音が浴室に木霊していく。

「そ、そこいいっ！」

ねっとり、と陰茎の付け根から竿先に向かって舐められると、快感がぞわぞわと駆け上がってくる。

とくにカリの部分が敏感で、ミーシアの熱く柔らかい舌が触れるだけでどうにかなってしまいそうな刺激が襲いかかってくるのだ。

「ちゅうぅ……ここ？」

ミーシアも、ノルンの反応から気持ちいいとわかるのだろう、短い時間で学習して的確な場所を責めてくる。

丁寧に舌を這わし、カリを丹念に舐めまわしてくれる。

ノルンも興奮しているが、ミーシアだって興奮しているようだ。その証拠に、彼女のお尻が舌の動きに合わせてよく揺れている。

「ああっ、そこ……！　気持ちいいよっ、ミーシア！」

「んちゅうっ、ちゅるっ、んちゅうぅ……はぁはぁっ、おちんちん、すごく硬くなってきた……ノルンっ、気持ちよくなってね」

「じゃ、じゃあ、ミーシアっ、んっ、お口でおしゃぶりするようにっ、してくれる？」

「こぉ……？　──はむっ」

ノルンのお願い通りに、ミーシアは「あーん」と大きく口を開けて男根を咥《くわ》えてくれた。

陰茎がすべて、少女の口内に納まってしまう。

「──くっ、熱いっ！」

少女の口腔《こうこう》はお湯のように熱く、蕩《とろ》けてしまいそうだった。

「そっ、そうっ！　そのままっ、上下に動いてっ！　──ああっ！」

「んっ、ちゅぽっ、ちゅうぽっ……ちゅうっ、んっ、ちゅぱぁ、ちゅぽっ……」

丁寧な少女のフェラに、膝が震えるほどの快感が津波のように襲いかかってくる。

少しでも気を抜いてしまえば、あっという間に射精してしまいそうだ。

もっとミーシアの口の中を味わいたいという感情から、必死に耐えているノルンだった。

「ちゅぽっ、ぢゅっ、ぢゅるっ、ちゅうぅうっ、んっ、ふっ、ちゅぽっ……」

「あっ、あああっ、ミーシアっ、いいよっ！」

ミーシアは、唇を歪めて男根を必死に頬張ってくれる。

その顔は、いやらしく、卑猥で、とてもかわいかった。

「んちゅぽっ……きもひよくなってねっ、ノルン……あむっ、ちゅうぅっ、んむ、また、おおきくなってきたぁ……ぢゅぶっ、ぢゅぶぅっっ」

献身的な少女のフェラにノルンは快感と感動を味わい、身体中を震わせていた。

(す、すごい！　自分でシコるより、何倍も気持ちいいっ！)

「んぷっ、ぢゅっぷ、ぢゅぷっ……んぢゅっぷっ」

「っ、あっ、あーっ、きもちぃ！」

ミーシアはノルンの陰茎を根元まで飲み込んで奉仕してくれる。

卑猥な水音を響かせながら、無心に顔を上下させていた。

美少女の懸命なフェラに、ノルンの我慢は限界を迎えようとしていた。

「ちゅるっ、んっ、じゅぽっ……ノルンのおちんちん、びくんってしてるっ……もっと気持ちよくなってね？」

少女の口の中で敏感に跳ねる陰茎から、ノルンが気持ちよくなっているのだとわかったミーシアが嬉しそうに微笑んだ。

口周りを唾液で汚した笑みは可憐で、どこか色気があり、ノルンの興奮をより昂《たかぶ》らせた。

「んっ、ぢゅるっ、ぢゅぽっ、ぢゅぶぅっ……ぢゅるるるっ、んっ、ぢゅぽっ、ぢゅうっ、ぢゅうっ」

(あったかいミーシアの口の中でっ、舌も使いながら扱かれて……っ)

ついに少年の限界が訪れた。

「いいよぉっ……ミーシア天才っっ！　ふぁあっ、出ちゃうっ！」

「じゅぼっ、じゅぶっ、じゅぽっ、じゅりゅるるるるっ！」

ノルンが限界を口にすると、ミーシアが仕上げとばかりに、さらに激しく舌を亀頭に絡みつけた。

「あああっ、ミーシアっ、出ちゃうよぉぉっっ！」

――どくんっ、どくんっっ！

「んっ、んっんんんっっ！」

ミーシアの頭を掴《つか》み、ホールドしながら喉奥に大量の精を吐き出したノルンは、射精感の余韻に身体を震わせる。

「はぁぁぁぁ……すっげぇ、いっぱい出た……」

少女の都合などお構いなしに射精を終えたノルンが満足そうに、強張《こわば》っていた身体から力を抜く。

同時に、ミーシアの頭を掴んでいた手の力も緩くなり、長い射精から少女が解放された。

「――ごほっ、ごほっ……うぇぇぇぇ」

ミーシアが咳き込んだことで、自分がやりすぎたことに今さらながら気づいたノルンが慌てて声をかける。

「わあっ、ごめん！　ミーシアの口の中に精子出しちゃった！　ミーシア？　ミーシア大丈夫？」

口を押さえていた少女の様子を窺うノルンだが、

（あれ？　なんか様子が……？）

「ミーシア？」

「……んっ……ふーっ、ふーっ、はぁんっ、ふーっ、ノルンのせーし……ねばねばしてすっごく美味しい……癖になりそう」

ミーシアは瞳をとろん、とさせ、ノルンが予想していなかった感想を述べたのだ。

ふーっ、ふーっ、と呼吸は荒く、まるで獣のようだった。

ぺたん、とその場に座り込んでしまったミーシアの右手は、自らの秘部に触れている。

「あっ、私……どうしたのかな……すごく、気持ちいいの……ここが、切なくて……はっ、はぁっ……」

肌を紅潮させながら、くちゃくちゃ、と音を立ててミーシアは自らの割れ目を指で弄り始めた。

「あはぁっ、触ると気持ちいぃ……あっ、んっ、ああっ」

ノルンに見せつけるように、足を大きく開脚させたミーシアは恥部をなぞるだけでは飽き足らずに、指で器用に秘所を広げてしまう。

お湯とは明らかに違う液体がミーシアの女性器をぐっしょりと濡らしているのがノルンにはっきりと見える。

(……これが、女の子のあそこ……)

足の付け根に、異物のような陰裂《いんれつ》が存在していた。

秘部から垂れ流した蜜で濡れた割れ目が、くぱぁ、と口を開き、呼吸するように卑猥にひくついている。

「変なのっ……私のあそこから、ヌルヌルいっぱい出てきてる……どうしよう、ノルン……」

戸惑いとそれ以上の快感を覚えているのだろう。

ミーシアの指は、自らの股間を弄るのをやめる気配がない。

「はーっ、はーっ、気持ちいいぃ……止まらないよぉ……ふにゃぁぁぁぁっ……」

くにくに、と性器の先端を指で弄りながら、もう片方の指で割れ目をなぞって快感を味わうミーシアの姿はいやらしすぎた。

彼女の喉奥に射精したばかりにもかかわらず、突然始まったミーシアのオナニーのせいで、逸物《いちもつ》が再びギンギンとなっていく。

「あっ、んっ、はぁっ、ふーっ、ふーっ、はーっ、んんっ！」

（これって、間違いなく発情っていうやつじゃないのかな？）

ノルンは、頬を紅潮させてオナニーに夢中になるミーシアをそう判断した。

だが、それよりも、

（女の子のおま○こ……オナニー！　こんなの見るの初めてだ……すげぇ、エロいっ！）

胸がドキドキする。

股間は完全に復活していて、暴発しそうなほど痛く硬くなっている。

（もう……見ているだけじゃ、我慢できない！）

ノルンがオナニー観賞だけで満足できるはずもなく、いざ行動にでようとしたときだった。

「ねぇ……ノルン……あそこが切ないよぉ」

まるでノルンの心を見抜いたのではないかと疑いたくなるタイミングで、ミーシアが割れ目をくぱぁと広げた。

「――ミーシア！」

　ノルンは我を忘れて、ミーシアの恥部にしゃぶりついた。

「──ふぁっ！」

舌で、割れ目を味わい、溢《あふ》れてくる酸味のある愛液を舐め取っていく。

突然のクンニに驚きの声をあげたミーシアだったが、すぐにノルンの舌愛撫による快感に蕩けた声をあげ始めてしまう。

「あっ、あぁっ！　すごいよぉっ！　あんっ！」

（すごい……ボクが女の子のおま○こ舐めてるっ！　甘くてしょっぱくて……エッチな味がする！　すごい興奮する！）

　初めて味わう少女の膣に、感動しながらノルンは夢中でクンニを続けていく。

「あっ、ふっ、あはっ……すっごい気持ちいいっ！　ああっ……しゅごいっ……しゅごいよノルンっ！　気持ちいぃぃ！」

（ミーシアのま○こ熱っ、舌が火傷しそうだ！　それに、なんだろう、いい匂いがする！）

腰を浮かせて、愛撫される刺激に声をあげるミーシアに、ノルンの興奮が高まっていく。

転生前、撮影会などで布越しにしか見ていることのできなかった少女の秘部が目の前にあるどころか、実際に舐めることができたことを全身で喜んでいた。

　そのお礼とばかりに、敏感に感じてくれるミーシアの割れ目を、夢中で舐め続ける。

「にゃっ、あうっ、きもちぃっ、ノルンっ、ノルンっ！」

(舐めてるだけなのに、ミーシアがかわいく反応するから……ちんこが痛いくらいに勃起してる！)

ぢゅるぢゅる、と卑猥な音を立てて膣を吸う度に、少女の割れ目の奥から甘酸っぱい蜜が溢れ出てくる。

小刻みに腰を震わせて喘ぐミーシアは、とてもかわいらしく、いやらしい。

こんな美少女を自分が感じさせていると思うだけで、陰茎の硬さが増していくのがわかった。

「気持ちいいっ、ノルンっ……にゃうっ、んにゃっ、んにゃぁああっ！」

(入れたい……っ、ミーシアの穴にちんこ突っ込みたい！)

少女が感じれば感じるほど、少年も興奮し『次』へ進みたくなる。

(膣内に精子を注ぎ込んで、ミーシアを孕《はら》ませたい——うぅん、孕ませるっ！)

ノルンの抱いた欲望は最高潮となり、もう我慢ができそうもなかった。

「……ぷはっ」

クンニをやめ、少女のヒクつく膣口《ちつこう》から離れる。

「んっ……ノルン？　やめちゃぁ、やぁ……」

急におあずけをくらってしまったミーシアが、切ない声をあげる。

ノルンは、そんな少女と視線を合わせると、

「ミーシア……好きだよ。セックスしよう？」

「……せっくす？」

頭の中に疑問符を浮かべたような声を出しながら、ミーシアは身体中に大粒の汗を浮かべ、発情していた。顔も赤く、呼吸も荒い。なによりも、ぱっくりと開いた膣口が愛蜜に塗《まみ》れて、ノルンを迎えようとしているのがよくわかった。

うっとりとした表情のミーシアは、なにかを期待しているようにも見えた。

ノルンはそれを返事と受け取り、彼女の足を掴んで大きく広げる。

そのまま腰を動かし、亀頭をミーシアのひくつく割れ目にそっと当てた。

「──ひあっ」

敏感になっている膣口に亀頭が触れただけで、少女が短い嬌声《きょうせい》をあげた。

「はぁっ、はぁっ……なんか、すごいよぉ、ビリって、ビリってしたのぉ」

甘く切ない吐息を漏らしながら、興奮した表情を浮かべる少女の体内に、ノルンは正常位の姿勢で男根を進めていく。

再び竿の先端が、少女の膣口に触れた。亀頭にぬめり、と熱が伝わり、それだけで射精しそうになってしまう、が、耐える。

（……こんな美少女で童貞卒業なんて、夢みたいだ！）

そのままゆっくり腰を前に動かしていくと、脳が蕩けそうな快感が陰茎から襲いかかってきた。

(ミーシアの膣内っ、熱っ!)

少女の膣肉を味わいながら、男根を膣奥《ちつおく》へと進めていく。

「――あっ、お、おちんちんが……入ってっ、くるっ、あっ! あはぁっ!」

ゆっくりと腰を押し動かす度に、陰茎が膣に埋没していく。

にゅるにゅるとした感触が陰茎越しに伝わり、それだけで絶頂に達しそうになりながらも、それはもったいないと必死に耐える。

「ミーシアの膣内っ、狭いのにっ、柔らかっ!」

初めて男性器を受け入れる膣は、未使用だけあって実に狭かった。だというのに、柔らかい肉壁《にくへき》が蠢《うごめ》き、味わったことのない快感をノルンに与えてくる。

狂おしいほどの膣肉の刺激に耐えながら、少年はペニスを少女の割れ目の奥へ食い込ませていった。

そして、ついに陰茎すべてが少女の体内に収まった。

「……大丈夫? 痛くない?」

欲望のままに動きたいがミーシアに気遣う声をかけると、彼女はニコッと微笑んでくれた。

「うん……大丈夫。ノルンのおちんちん、すっごくあったかい。ぽかぽかだよ」

(なにこの子……超かわいいんですけど!)

ノルンはミーシアの健気なかわいさに我慢できず、唇を重ねた。

「ちゅうっ……ちゅっ、れろっ、ちゅぷっ、んっ、ノルンっ」

「はぁはぁ……ちゅうっ、ミーシアかわいい……好きだよ」

「ちゅぅぅ、ちゅっ、ちゅ、ちゅうぅぅっ、れろっ、んんっ、ノルンとっ、ちゅっ、キスっ、んっ、きもちいっ、ちゅうっ、ちゅるっ」

陰茎と膣を繋げたままノルンとミーシアは、舌を絡めたキスを続けていく。

それだけでは飽き足らず、ノルンはミーシアの口内に舌を侵入させて歯茎をなぞる。

「んっ、ちゅっ、ちゅるっ……私もっ、ノルンっ、ちゅっ、ちゅうっ、大好きっ、ちゅるっ、んちゅうっ」

少女の甘酸っぱい唾液が口の中に広がり、幸福感に満たされていく。

(キスも返してくれるなんて……好きだっ!)

ミーシアは舌を絡めながら、膣はノルンの射精を導こうと献身的だった。

「ちゅっ、ちゅうっ……ノルンっ、大好きっ……今日はっ、とってもっ、ちゅうっ、優しいし……んっ、はぁっ」

挿入したままの体勢でいたノルンだが、甘い声を発するミーシアについに我慢ができなくなり、腰をゆっくり動かし始めた。

(――くっ、すごっ、吸い付いてくる！)

膣肉が陰茎に絡みつき、腰を引くだけで快感が津波のように押し寄せてくる。

「んっ、あ……気持ちよくしてくれて――あんっっ！」

少女の言葉の途中で、勢いよく男根を突き刺すと、大きな嬌声があがった。

「んっ、ああっ、すごいっ、ノルンっっ！」

「ミーシアっ、ミーシアのおま○こっ、気持ちいいよぉっ！」

「あっ、んあっ、ああんっ、ノルンっ……あんっ、きもちいっ……おちんちんっ……すごいよぉっっ！」

ずぶっ、ずぶっ、ずぶっ。

ノルンが動く度に、結合部から卑猥な音がした。

ミーシアは打てば響く鐘のように、身体を震わせて喘いでいる。

その反応があまりにも気持ちよく、ノルンの興奮はよりいっそう高まっていった。

(女の子とセックスっ……ボクがっ、女の子とっ……こんな美少女とっ、こんな簡単にセックスしてるなんてっ、すごいっ！)

感動しながら腰を振る。

ミーシアの感度も抜群だ。

ノルンの腰の動きはいっそう激しくなり、ミーシアの反応もより強くなっていく。

「はっ、あっ、ああんっ、ノルンっ、ノルンっ、しゅごいっ！」

ミーシアのかわいいお尻と、ノルンの腰がぶつかり、肉音を立てていく。

奥を突けば突くほど、ミーシアは腰を浮かせて声をあげてくれる。

初めて味わう少女の膣肉を堪能しながら、もっと味わいたいと、少年は夢中で腰を振り続けた。

ミーシアの膣を味わうだけでは飽き足らず、乳房に手を伸ばす。

ふにゅっ、とした感触が気持ちいい。

(おっぱいも柔らかい！)

初めて触る女の子の胸に、興奮がまたしても高まった。

ミーシアの膣肉を陰茎でかき回しながら、手で乳房を弄《もてあそ》ぶ。

「あっ、あんっ、ああっ……きもちいっ！」

小ぶりな乳房ではあるが、力を込めずとも指が埋没する柔らかさがある。

いつまでも揉んでいたくなる柔らかさに夢中になると、ミーシアが乳房の刺激で気持ちよさそうに身を捩った。

(すごい……いろんなところが柔らかくて、めっちゃ気持ちいいっ！)

「ノルンがっ、触ってくれると……っ、気持ちいいっ、いいっ、んんっ、もっとぉ……触ってぇっ！」

膣奥を突かれながら乳房を愛撫されるミーシアは、快感に顔を蕩けさせておねだりしてくる。

そのかわいさといじらしさに、ノルンの腰の動きがいっそう激しさを増していった。

「やっ、あんっ、ノルンっ、もっとっ、もっとぉっ、気持ちいぃっ！」

(手じゃなくて、口でも味わいたいっ！)

喘ぐ少女に次から次へと欲求が湧いてくる。

乳房を揉んでいた手を離し、タイルに手をついてミーシアに覆いかぶさると、ピンク色の乳首を吸い始める。

「——ひぁんっ」

乳首を吸われたミーシアが、びくんっ、と身体を跳ねさせた。

汗のしょっぱさと、ミーシアの身体の味が口内に広がり、ノルンは夢中で彼女の乳房を口にした。

「——あっ、それっ、しゅきっ……ひぁっ、あ、ああんっ……してぇ、もっといっぱいしてぇっ！」

(ミーシアっ、感度よすぎる！)

乳首を吸われたミーシアの反応はよく、もっとしてほしいとねだるほどだった。

ひとつひとつの行為に感じてくれるミーシアの反応が愛しく思えてならない。

ノルンは、その愛しさを示そうと、乳首から口を離して少女の唇と重ねる。

「ちゅうっ、ちゅるっ、れろっ、ノルンっ、しゅきぃ……ちゅぅ、ちゅるっ、んちゅう」

ミーシアに「好き」と言われる度にノルンの興奮が高まり、逸物が硬くなるのがわかる。

少女の愛液が絡んだ男根を勢いよく、出し入れしながら、彼女の体内を容赦なくかき回していく。

「——んんんっ、キス……しながらっ、ずぼずぼっ、するのぉ……しゅきぃ！」

下腹部の奥を貫かれて、ミーシアが甘い声をあげた。

(ボクとのセックスでこんなに喜んでくれてる……嬉しい！)

ミーシアの反応は、少年に興奮以上に喜びを与えてくれる。

今まで女の子と縁がなかったというのに、極上の美少女と初体験した挙句、彼女を喜ばせることができるのだ。

男としてこれほど嬉しいことはない。

ノルンの興奮はさらに大きくなり、自然と腰の動きが強くなっていく。

まるで掘削機のように、少女を抉《えぐ》らんと腰を打ち付ける。

「ミーシアっ、ミーシアァっ！」

感情が制御できず、ズボっズボっ、と激しくミーシアを突いてしまう。

「んっ、はっ、ああっ、はぁっ、ノルンっ、はげしっ、いいっ、きもちぃっ」

（――っ、もう出そうだ！）

この瞬間を、少女の膣内をもっと味わっていたいと奥歯を噛み締めて必死に我慢するものの、高まった興奮は実に容易《たやす》く射精に導いてくる。

さらに少女の膣肉がノルンに早く射精してとばかりに、膣を蠢かせて陰茎を刺激してきた。

射精間際の敏感なペニスが、その強い刺激を我慢するのは難しく、ついにノルンに限界が訪れる。

「ミーシア！　ミーシアの膣内に射精するよ！」

ぱんっ、ぱんっ、ぱんっ。

腰を打ち付け、少女の膣奥深くに精液を出そうと、射精感をより高めていく。

「――んっ、あんっ、ひうっ、うんっ、うんっ、出してぇ……ノルンっ、出してぇっ！」

潤んだ瞳を少年に向けたミーシアは、いつでも受け入れる覚悟を決めたのか、ノルンの身体に力強く抱きついた。

その刹那《せつな》、亀頭が少女の膣の最奥部に達し子宮口に届いた。

こりっ、とした独特の感触と、それに伴う竿先への刺激。そのすべてがノルンの我慢を決壊させる。

「はぁぁっ、もうっ、ボクっ、イクっっっっ！」

――びゅくっっ！　びゅるるるるるっ、びゅるるるるるっ！

容赦なくミーシアの膣奥に、大量の精液を解き放った。

陰茎は少女の膣内で何度も脈打つ。

「……あったかぁい……」

下腹部で精子を受け止め、うっとりとするミーシアだった。

ゆっくりと男根を抜くと、

「んっ、はぁっ、抜けちゃうっ」

割れ目から精液が溢れてくる。

(うわっ……こんなに出たんだ)

自分でも大量に射精したと思うほどの量だった。

しかし、それだけ精を放っても、ノルンは未だ満足していない。

その証拠に、股間ははち切れんばかりに大きくなったままだ。

「……ノルン……まだおっきいままだね。もっとえっちしたいの？　うん、いいよ」

ちょっと恥ずかしげに頷いてくれるミーシアも、初めてのセックスの快感をもっと味わいたいのかもしれない。

(――あ、なら、せっかくだから)

「じゃ、じゃあ、ミーシアにお願いがあるんだけど」

「なぁに？」

かわいらしく首を傾げたミーシアに、ノルンはとあるお願いをするのだった。

◆

「ノルンったら、こういうのが好きなんだね？」

ノルンがお願いしたのは、メイド服を着たミーシアとエッチしたいというものだった。

お風呂の前に、ミーシアのものと思われるメイド服を見かけていたため、つい欲望を口にしてしまったのだ。

しかし、ミーシアは嫌がる素振りなど微塵《みじん》も見せず、笑顔で「いいよ」と言ってくれた。

前世の秋葉原で見かけたようなメイド服に身を包んだミーシアはあまりにもかわいかった。

実用性を重視しているワンピーススタイプのエプロンドレスを身に纏《まと》い、頭にはカチューシャを、太ももにはガーターベルトを装備して実に本格的なメイドさんだ。

（ミニスカートなのが実によし！）

ちょこん、とスカートから飛び出ている尻尾がアクセントとなり、彼女の魅力を引き出している。

全裸のノルンは、そんなミーシアを背後から抱きしめると、頬にキスをしながら、硬い男根をショーツに押し付ける。

「あんっ、ノルンったらぁ……」

「ミーシア……好きだよぉ」

「ふにゃぁ……」

柔らかい乳房を抱きしめるように揉みながら、必死に男根をショーツで扱く。

メイド服越しにもはっきりわかる乳房を揉むと、ミーシアの呼吸が荒くなった。

「――んっ」

ミーシアから漏れる切ない吐息は甘く、鼻腔に届くと幸せな気分になる。

「ミーシアのおっぱい柔らかいよ」

「……やぁ……んっ、はぁっ、ノルンっ、お股ぁ、そんなに擦ったらだめぇ」

ショーツ越しでも刺激を味わっているのだろう。

ノルンにも、ショーツ越しに陰茎に少女の膣の形がわかる感触と、男根を挟む太ももの柔らかさとすべすべ具合が絶妙なハーモニーを奏でて伝わってくる。

このまま彼女の太ももに精液をぶちまけたいが、必死に我慢する。

まずは、ミーシアのメイド服姿を堪能することにした。

「ねぇ、ミーシア。身体をこっちに向けて、スカートを自分で捲《まく》って下着を見せてくれる？」

「う、うん……いいよ」

わずかに戸惑った声が聞こえたが、ミーシアはノルンの要望を受け入れてくれた。

ノルンと向かい合うと、顔を真っ赤にしてスカートを捲る。

「うぅ……これ……恥ずかしいよぉ……」

（――あぁ……夢だったシチュエーションが目の前に！）

かわいいショーツが丸見えだ。

全裸姿を見せていても、こうして下着を露出するのは、また違った恥ずかしさがあるのだろう。

顔は真っ赤になっていて、小刻みにスカートを捲る手が震えているのがわかる。

ミーシアは内股になって、尻尾が太ももあたりでショーツを隠したいのか揺れている。

こんな姿を見ていると、さらなる欲望が生まれてしまった。

「ね、ねえ、ミーシア、ボクのこと『ご主人様』って言ってみて」

「え？」

「お願い！」

「う、うん……ご、ご主人様ぁ」

「くぅうううう！　いいね、いいね！　最高だよ！」

やはりメイド服を着たのなら、呼び方も『ご主人様』と言ってもらうのが一番だった。

（美少女の生パンが目の前に……しかも、ご主人様って呼んでくれる！　元の世界じゃ、こんなの確実に犯罪だよ）

恥じらうミーシアのかわいさに見惚《みほ》れていたノルンだったが、ただ見ているだけではもったいないと思い、指を彼女のショーツに伸ばす。

「ひゃっ……ふにゃっ……」

ショーツの上から秘部に触れると、ミーシアは甘い声を出した。

嫌がっていないことをいいことに、そのまま指を動かし続ける。

ショーツ越しに、割れ目の形がはっきりとわかったので、なぞるように撫で続ける。

くにくに、と執拗《しつよう》に指で膣口を責め、ミーシアを気持ちよくさせていく。

下着にあっという間に、シミが浮き出て、彼女が感じてくれているのだとわかった。

「気持ちっ、いいっ」

くちゅ、くちゅ、と湿った音がリビングに響き、少女がとろりとした瞳になる。

「――あっ、んっ、ノルンっ……気持ちいっ、んっ、にゃっ」

「ノルンじゃなくて、ご主人様でしょ？」

少年は、ご主人様ではなく自分の名を呼んだメイドにお仕置きするかのように、やや強めに割れ目を指で押した。

「――んんんっ、はぁっ、んっ、ご、ご主人様ぁ」

「そうそう、メイド服を着てるんだから、やっぱりそうじゃないとね」

呼び方に満足したノルンは、少女の反応をもっと味わいたいと、ショーツをずらして直接指を、ミーシアの割れ目に入れる。

愛液でぐちょぐちょになった膣口は、熱く柔らかく、実に簡単に指を飲み込んだ。

「――ひうっ、ご主人様っ、だめっ」

ミーシアが内股になって抵抗を見せたが、心から嫌がっているのではないとわかっていたノルンはそのまま指愛撫を続けていく。

膣壁《ちつへき》を指で執拗に刺激する。その度に少女の腰や膝がガクガクと震えていった。

実に反応のいい少女に、少年は夢中になって手マンを続ける。

「ご主人様ぁっ、ご主人様っ、んっ、はぁっ、にゃあぁ……んひぃっ！」

痙攣《けいれん》ともいえるほど身体を震わせる少女の膣内を弄っているノルンは、

「ノルンっ……んにゃっ、んっ、いいっ、いくっ……いくいくっ！　いっちゃうぅぅっ！」

絶頂間近だったことに気づき、ミーシアをイカせようと指の動きを激しくした。

膣口を広げ、容赦なく指で膣内を擦るように激しく手マンをする。

「んんっ、はあっ、んあああっ、ひうっ、はぁぁっ！」

腰や膝だけではなく身体中を痙攣させ始めたミーシアは、もはや限界だろう。

その証拠に、ノルンの手が少女の蜜塗れになっている。

「――ん？」

早く少女を絶頂させたいと弄り続けていたノルンが、あることに気づいた。

ミーシアの割れ目の先端に突起を発見したのだ。

肉芽はピンっ、と立ちその存在を主張している。

（……女の子の最も敏感な場所――クリトリスっ！）

その正体に気づいたノルンは、絶頂に達しかけている少女の敏感な先端に無遠慮に手を伸ばし、摘んだ。

刹那、

「ひあっ、あっっ、あああああっ！　あ゛あ゛あ゛あ゛あ゛――――っっ！」

度重なる手マンの果てに、最大の刺激を受けたミーシアがついに、絶頂を迎えた。

――プシャァアアアアアアッ！

膝を震わせながら、割れ目から潮が噴き出していく。

ノルンの腕は愛液塗れになり、ミーシアも太ももから膝にかけてぐっしょりと濡れている。

（……ボクが女の子をイカせたんだ！）

感動と興奮が重なり、硬くなり始めていた男根に、さらなる血液が向かいより大きくなる。

「入れるよ、ミーシア」

ビショビショになった膣に竿先を当て、ミーシアに問いかけると、

「……う、うん」

少女は控えめに頷いた。

ノルンは、ミーシアの腰を強く押さえると、抱き合う形でミーシアの膣に陰茎を挿入した。

「ふにゃぁあああああああっっ！」

一度、絶頂を迎えた膣内は火傷しそうなほど熱く、柔らかい。

なんの抵抗もなく男根を咥えた膣は、待っていたとばかりにぐにぐにと動き刺激を与えてくれる。

「——ひぃっ、ご主人様のおちんちんっ、おっきくてぇっ、硬いよぉぉぉぉぉ！」

ノルンは、ミーシアの膣内の気持ちよさを味わいながら、夢中で腰を動かした。

膣肉を陰茎で味わいながら、執拗に膣壁を抉るように動かしていく。

絶頂したばかりのミーシアにはわずかな刺激でも強いようで、ノルンが動く度に悲鳴のような嬌声があがった。

「あっ、ああんっ、にゃっぁ……大きいっ、にゃぁっ、ご主人様っ、ごしゅっ、ノルンっっ！」

ミーシアも、一度絶頂したにもかかわらず、少年の陰茎を体内に受け入れて気持ちよさそうにしている。

口を開きっぱなしにして、よだれと涙を流しながら、ノルンの身体を抱きしめて快感を味わっている。

「――あっ、んっ、はっ」

少女を絶頂に導いている少年の興奮は高まりっぱなしだった。

ギンギンに硬くなった陰茎を膣奥に叩きつけるように動かし続ける。

長く続いた興奮のおかげで、射精感はあっという間に訪れていた。

(――ミーシアがエッチすぎてめちゃくちゃ興奮する！　何度でも射精できそうだっ！)

もったいぶるのをやめて、ノルンは一気に欲望を解き放つことにした。

ぐっ、と少女の腰を掴み、亀頭がより膣奥の深いところに達するように押し付ける。

「――んにゃぁぁあっ、深いっ、ノルンのぉ、奥まで届いてるのぉぉ！」

少女の嬌声が耳に心地よかった。

高まった興奮が、心地よい少女の嬌声をスイッチにして、欲望の壁を破壊してしまう。

「――いくっ！　いくよっ、ミーシアっ！　出すよぉ！」

「うんっ、出してっ、膣内にっ、出してぇ！」

――どくっ、どくんっ、どくんっっ！

ミーシアの小さな身体を力強く抱きしめながら、膣奥へ射精した。

「──はぁっ、ああっ、ああっ……ノルンのせーし……熱いよぉぉぉ」

下腹部に熱を受けた少女が、はーっ、はーっ、と息を切らせて身体を震わせる。

ノルンと同じように、ミーシアもまた絶頂を迎えたのだ。

「ミーシア……今度は後ろからしたいな」

三度の射精をしたにもかかわらず、ノルンの勃起が治まる気配はない。

ノルンに言われるまま、小ぶりのお尻を向けたミーシアに、休む暇なく覆いかぶさる。

「──あっ！　射精したっ、ばっかりなのにぃっ……ノルンのっ、おちんちんっ、すごく……元気っ、んあっ！」

「ミーシアがかわいいからだよ！」

ぱんっ、ぱんっ、ぱんっ、と腰を打ち付ける肉音がリビングに響く。

何度味わっても、飽きることのないミーシアの膣肉が、またしても射精感を込み上げさせてくる。

「これからもたくさんっ……セックスしようね！」

「うんっ！　せっくすっ、しゅきぃっ！」

ミーシアの甘い声を聞いているだけで、背筋がぞくぞくする。

興奮がより高まり、腰の動きがいっそう強くなる。

「はっ、はっ……あっ！　後ろからするのっ、しゅきぃっ！」

少女の甘い声に応えるように、射精後にもかかわらず高まった興奮がノルンの腰に集中した。

彼女の背中に覆いかぶさり身体を震わせて、陰茎に残った精子を擦り付けるように腰を動かし続ける。

すっきりして腰を離すと、ミーシアの膣口から白濁液が逆流してきた。

その光景はあまりにもいやらしく、まだ満足しきっていないノルンの股間をさらに硬くした。

その後、ノルンは満足するまでミーシアとのセックスを続けた。再びお風呂に戻って二回、ベッドに移って五回も、少女の膣奥に遠慮なく精を吐き出した。

しかし、ミーシアは嫌な顔をするどころか、積極的に少年の欲望を受け入れてくれた。

やがて何度も絶頂を繰り返し、満足してベッドに倒れ込んだふたりは疲れて眠ってしまった。

そして、翌朝。目を覚ましたノルンたちは、ベッドの中でいちゃいちゃしていた。

「ねえ、ノルン」

「なに？」

ミーシアを抱きしめ、彼女の体温を感じて幸福感を味わっていると、少女が不思議そうに声をかけてきた。

「ねえ、ノルンのおちんちん、今日も元気だね？」

「え？　あ、うん」

朝から元気よく勃起している股間を見たミーシアが、なにかを思い出したように疑問の声をあげた。

「ノルンはもしかして『王の器』の持ち主なのかな？」

「――『王の器』？」

聞き覚えのない単語に、ノルンは首を傾げる。

「うん。何十年に一度、自由に発情できる雄が生まれるんだって。それが王の器って呼ばれるの」

「ふうん」

(突然変異？　隔世遺伝？　あるいは過去にもボクのような転生者がいたのかな？)

考えてみるも、今、答えが見つかるはずがない。

(今度、調べてみようかな)

「ねえ……」

「どうしたの、ミーシア？」

「ノルンが王の器だったとしても……ミーシアのこと、ずっと傍に置いてね？」

「え？　うん。そりゃもちろん！　これからもよろしくね！」

なぜミーシアが、そんなことを言い出したのかわからないが、ノルンは彼女と離れる気などさらさらない。

（こんなかわいくて、いい子なお嫁さんを手放すわけがないじゃないか。ずっと一緒にいるんだ！）

少女を安心させせようと力強く抱きしめると、ミーシアは嬉しそうな顔をして、強く抱きついてきた。

「ノルン……大好きっ！」

――こうしてボクの理想の異世界生活が始まったのだった。

第二章

異世界に転生した翌日。

ノルンは、ミーシアが言っていた『王の器』について調べるため、町の図書館にいた。

図書館は実に広く、ノルンの背丈の倍以上ある本棚が見渡す限りに並んでいる。書物の量は、千や万ではきかないだろう。

「……王の器について……あ、あった」

本棚を見て回っていると、目的の書物を見つけて手に取る。

「えっと……なになに」

書物によると、王の器は、他の雄に比べて身体能力が高く、なにかしらの飛び抜けた才能を持っているようだった。

最大の特徴としては、発情日を待たず、自由自在に発情できる、とある。

さらに雄は、精液の匂いを嗅がせる、または飲ませることで、雌を発情させることができるが、王の器の精液の効力は通常の雄の百倍の効果があるという。

「……精子が媚薬代わりってこと？」

思い浮かぶのは、昨日のミーシアとのセックスだ。その際、フェラの後で彼女が発情し何度もノルンを求めてくるほどに。

たようにも見えた。しかも、ミーシア自身が、

『普通の雄の精液であれば、雌も発情に抗《あらが》う
ノルンがさらに書物を読み進めていくと、

ことができるが、王の器の精液には抗えない』といった記述も見つけた。

『王の器』は古代の王の選定に由来するものであり、かつては一番多くの子供を持った
雄が一族の王に選ばれていたという。

つまり、自由自在に発情が可能な『王の器』こそ、王になる可能性が一番高いのだ。

（うーん。だけど、それ以外にもなにか理由がありそうなんだよなぁ）

今日読んだ書物だけでは、王の器の全体像が見渡せなかった。

あくまでも、発情がいつでもできる、雌を発情させるという性能と、過去に王になる可
能性が高かったという歴史があることくらいしかわからなかった。

「これは――」

そして、書物には無視できない一文が書かれていた。

――その力は過去に妬みや恐怖の対象となり、同族に殺された王の器もいたという。

（うーん。妬みはわかるけど、恐怖ってどうなんだろう）

そんなことを考えながら書物を読み進める。

（……でも、やっぱりボクが王の器ってことは、言わないほうがよさそうだな）

まだ知らないことも多く、王の器がどう思われているのかもわからない。

おいそれと吹聴してもいいことはないだろうとノルンは判断した。

（……殺されるなんてごめんだしね）

せっかく美少女のお嫁さんができたのだ。

死んでたまるかと思うし、もっとこの世界を堪能したかった。

「──あっ、いたいた」

聞き覚えのある声に、書物から顔をあげると、そこにはミーシアがかわいく手を振っていた。

「ノルンおまたせっ」

「ミーシア、お仕事ご苦労様」

ノルンは仕事帰りのミーシアを労《いたわ》るように撫でる。

「えへへ」

（──それにしても、ちょっと申し訳ないかな）

この世界では、雄の数が圧倒的に少ないため、雌が働いて家族を養うのが普通らしい。

実際、ミーシアも町の食堂で働いている。

ノルンも働こうと考えたのだが、まずは色々知ることから始めようと図書館に足を運んだのだった。

「今日はずっと本を読んでいたの？」

「うん。知りたいことがたくさんあってね。図書館のおかげで、色々わかったよ」

「ねぇねぇ、そろそろお家に帰ろう。ちょっと用事もあるし」

「用事？」

「ほら、お母様がメイドを雇ってくれるんだけど、私の幼なじみの友達を雇ってもいいって聞いたでしょ？」

「あ、ああ、そうだったね」

「今日、家にくることになってるから、待たせてたら悪いと思って。それに、ノルンにも早く紹介したいし」

「わかった。じゃあ、帰ろっか」

「うん！」

ノルンが書籍を棚に戻して、手を差し出すと、ミーシアが嬉しそうにその手を握る。

ふたりは、自宅まで手を繋いで楽しく帰るのだった。

◆

「あ、あの、ミーシア様、お久しぶりです」

ノルンが昼食後のお茶を飲んでいると、小柄な少女が玄関から入ってきた。

質素なワンピースに身を包んだ、ミーシアやノルンよりも少し年下の子だった。

どこか狐を思わせる獣耳と、尻尾を持ち、肩まで伸ばしたセミロングの金髪を片方だけ結っている。

全体的に線が細いが、肉付きはよく、実に柔らかそうな肌が覗き見れた。

「チセ！　久しぶりー！　もう『様』はやめてよ。幼なじみなんだから」

「はうぅぅ、ミーシア……ありがとう」

（うわぁ、この子も美少女！　小動物みたいですごくかわいい！）

ぎゅーっと抱擁を交わす少女たちを見ながら、ノルンはそんな感想を抱いた。

「ノルン、紹介するね。さっき、話してたメイドのチセ。幼なじみなんだ」

「どうも。ノルンです。よろしくね」

「は、はじめましてっ。チセです！」

笑顔で挨拶すると、チセはペコペコと頭を下げた。

「よろしくお願いいたしま……」

（それにしても……ちっちゃくてかわいいなぁ。保護欲をめっちゃ誘うなぁ。ん？　……この首輪って確か本で読んだ気が）

チセの首にはめられた首輪に見覚えがあり、じーっと眺めていると、なぜか彼女が震え出した。

「はうぅ？」

不躾《ぶしつけ》なノルンの視線に、チセがおどおどした声を出す。

「もうっ、ノルン！」

「へ？」

「チセを怖がらせちゃダメだよ！」

「え？　怖がらせてたの？　ごめんごめん。ちっちゃくてかわいい妹ができたみたいで嬉しくてさ」

「かわいいって……ふぁぁぁぁっ」

ノルンは、ミーシアに窘《たしな》められて謝罪する。

その際、口にした「かわいい」という言葉に、チセが照れたように身を縮めてしまう。

そんな仕草ひとつが、気の弱い小さな動物のようで実にかわいらしかった。

「えっ？　チセ？　大丈夫⁉」

褒められ慣れていないのか、顔を真っ赤にして縮こまってしまったチセ。

慌てたミーシアによって、背中をさすられ、しばしの時間が経過した。

「も、申し訳ありません。……ちょっと緊張していて」

やがて、落ち着きを取り戻したチセは、改めてノルンに挨拶をした。

「さ、先ほどは、申し訳ありません。ちょっと緊張していて」

椅子に座り、水を飲んだことで落ち着きを取り戻したチセは、改めてノルンに挨拶をした。

「こっちこそ、なんだかごめんね」

「いいえ。そ、それで、あの、初めにわたしについてお話しさせてください」

「君について？」

ノルンは首を傾げる。

（なんのことだろう？）

「チセ、無理はしないでね……」

「うん。ありがとう、ミーシア」

意を決してなにかを話す覚悟をしたチセの手を、ミーシアが気遣うように握りしめた。

ノルンは、若干困惑しつつも、チセの言葉を待つ。

「お気づきかと思いますが、この首輪についてです」

「うん」

チセの首輪について気になっていたので、ノルンは余計なことを言わず、彼女の言葉の続きを待った。

「わたしの首輪は、魔法省の管理する『奴隷』の首輪です」

（……さすが異世界。奴隷ときたかぁ）

「この国では、幼いころの適性検査で魔法の才能を見出された者は、才能を消去されるか、首輪によって力を制御されます」

(――魔法⁉　この世界に魔法があるの⁉)

異世界だからと期待して、図書館で調べてみたものの、魔法に関する書物はなかった。

(いくら調べてもなにも出てこなかったのは、国が情報を制限していたからだったのか！)

「ですので、首輪は『奴隷』の証ではありますが、国に管理された者なのです。その、罪人と違って、制限はありますが、ある程度自由に行動できますので、安心していただければ……ひっ」

(魔法っ、魔法がある！　この世界には魔法があるんだっ！)

にやにやして喜んでいると、チセがなぜか怯《おび》えた顔をしてこちらを見ていた。

よく見れば、ミーシアまで、変なものでも見るような視線を向けていた。

「の、ノルン？　どうしたの？」

「だって嬉しいんだよ！　魔法だよ、魔法！　すごいよ！　魔法についてボクにも教えて！」

「ご、ごめんなさい……旦那様のお願いでも、魔法については国の重要機密事項ですので、教えられません」

「そっかぁ……残念」

「す、みません」

あからさまにがっかりするノルンに、チセが耳をぺたんと下げて、怯えたように謝罪する。

気が弱いのだろう、と今さらながらノルンがチセの様子に気づく。

「謝らなくていいよ。うーん、魔法が無理なら、せめて旦那様っていうのはやめてくれる？」

「え？」

「ボクのことはお兄ちゃんって呼んでくれないかな？」

「……え？　お兄ちゃん、ですか？」

「うん、うん。そう呼んで」

「わ、わかりました……お、お兄ちゃん？」

（うへへ。魔法は残念だけど、年下の獣耳美少女からお兄ちゃんって呼ばれるなんて……最高だぁ！）

◆

「じゃーん！　かわいいでしょ？　私のお下がりなんだけど、ぴったりだよね！」

さっそく働いてもらうことになったチセだが、ミーシアのお下がりの洋服を纏ってかわいらしく着飾っていた。

「あ、あの、こんなかわいい服……わたしなんかがいいのでしょうか？」

「うん。すっごくかわいい！　とっても似合ってるね」

白いオフショルダーシャツと水色のワンピースを重ね着し、ストッキング姿のチセはミーシアの言う通りかわいかった。

もじもじしているチセに、ノルンの顔が緩んでしまう。

「うんうん。すごくかわいい！　とっても似合ってるね！」

「……ふぁぁぁぁぁぁぁ」

ノルンが褒めると、チセが恥ずかしそうに尻尾をぶんぶんと振った。

（……当たり前だけど、メイド服じゃないのか。そのうち、ボクがふたり分作ろうかな）

メイドなのにメイド服を着ていないことを残念に思う。

なので、手作りをしてでも、美少女たちに着せたいと企んでしまう。

「あ、そろそろ時間だ。それじゃあ、私はお仕事に行ってくるから。ノルンからチセに、家の中を案内してもらえる？」

「まかせて！」

「チセにお願いするおうちのお仕事はメモしておいたよ」

「はい！」

「じゃあ、いってきます！」

「いってらっしゃーい」

手を振って仕事に向かうミーシアを、ノルンはチセと一緒に手を振って見送った。

「じゃあ、家の中に戻ろっか。お仕事お願いね」

「はい！　頑張ります！」

チセは手際よく、掃除をしてくれていた。

ノルンは、若干の手持ち無沙汰を感じながらそんな部屋掃除をするチセを眺めている。

（……お子ちゃまパンツ……モロに見えてるよ）

見られているとは思いもしない無防備な少女は、水色のスカートを翻《ひるがえ》しながら、軽快にハタキで埃を落とし、テーブルを拭き、床に雑巾をかけていく。

（やばいやばい……正直やばいって、この無防備パンツは！）

その姿は実に危うかった。

パンツはもちろんのこと、むっちりした肉付きのいい太ももがよく見えてしまっている。

ノルンは、パンツを惜しげもなく見せてくれるチセの姿に興奮して、股間を硬くしている。

隙あらば、オナニーを始めたいくらいだった。

（いかんいかん！　ひとりエッチなんてしたのがバレたらチセの好感度が下がっちゃう）

まさか脳内でそんな葛藤をノルンがしているとは思ってもいないチセは、目が合うと、ニコッと微笑んでくれる。

それがまた幼さを感じさせて愛らしく、興奮したノルンの欲望を掻き立てた。

ミーシアのお下がりの洋服ということで若干サイズが大きいのか、彼女が前屈みになると胸元の隙間から桜色の乳首が丸見えになってしまう。

(うぉおおおおっ、無防備すぎる！　ぽっち、ぽっちが見えてるよ！)

少女の無防備な姿に先走り汁が下着を汚しているのがわかった。

できることなら、チセをオカズに満足するまで射精したい。

そんな欲求がノルンの中で煮詰まっていた。

「……よしっ」

「お？　これで掃除は一通り終わりかな？」

「はい！」

そう時間をかけずに、掃除を終えたチセが元気よく返事をする。

ノルンは彼女に近づき、いつかドラマで見た姑《しゅうとめ》よろしく、床やテーブルを指でなぞってみせるも、埃はまったくない。

「うん。きれいだ！　頑張ったね、チセ」

「ふぁ」

労《ねぎら》うように少女の頭を優しく撫でる。

少女のサラサラした髪の柔らかさを味わっていると、チセのほうも頬を赤くしていった。

まんざらでもないチセの頭をもっと撫でていようと思ったノルンは、掃除を頑張ったチセに、珍しく下心なしで純粋に感謝を込める。

すると、

「――あっ」

ぶるっ、と少女の身体が震えた。

次の瞬間、

「あ？　あ、ああ、あああっ、ふ、ふあぁぁぁぁぁぁぁぁぁぁぁぁぁぁ……」

ちょろろろ、と音を立ててチセがお漏らしをしてしまう。

床に水たまりが広がっていき、かすかなアンモニア臭がノルンの鼻腔に届いた。

絶句したチセの視線が、床とノルンの顔を行き来する。

「ふぁぁ!?　ぇ、な、なんで？」

失禁したことを驚いたのは、本人だろう。

どうやら、力が抜けてしまったらしく、そのまま座り込んでしまう。

「ごめんなさい……あぅぅ、お兄ちゃんまで汚して……ごめんなさいっ！」

必死に謝るチセに、ノルンは気にしていないと笑顔で応える。

「大丈夫だよ。少し足にかかっただけだし」

(美少女のお漏らしとか、むしろご褒美ですけど!)

心の声を表に出さぬよう、あくまで紳士的に対応するノルン。

(でも、どうして急に? 我慢でもしてたのかな?)

「ふぁぁ……ごめんなさい。止まらないです……なにかが溢れてきて……お兄ちゃんが優しくて、かわいいって言ってくれたからって」

顔を真っ赤にして震えながら、足元を濡らすチセが謝罪と独白を始めた。

「わたしなんかが、お兄ちゃんのこと好きになった罰です。ごめんなさい――んあぁぁぁっ」

瞳に大粒の涙を浮かべたチセによる謝罪混じりの告白。

これにはノルンも驚いた。

慌ててチセの顔を覗き込むと、彼女の瞳は、潤み、とろん、としている。

(――あ、これ、発情しちゃってる。もしかしなくても、ボクのせい? それにしても、ボクのこと好きって言ったよな? マジで? 告白?)

きっと王の器がチセに影響を与えたのだろう。

突然の告白に若干戸惑っている間にも、チセは身体を震わせている。

「はぁっ、あっ、ごめんなさい。身体がおかしくてぇ……捨てないでください」

自分になにが起きたのかわからない不安と、粗相したせいで責められると勘違いしたのだろう。

怯えを見せるチセの身体をノルンは安心させるように強く抱きしめる。

チセは小柄ではあるが、全体的にムチっとした肉感だった。小さいながらも柔らかい胸が、服越しにもはっきりとわかる。

ノルンは動揺するチセの耳元でそっと囁《ささや》いた。

「大丈夫だよ。ていうか、チセがおかしくなったのは、多分ボクのせいだから」

ぎゅっ、と抱きしめた腕に力を込めると、腕の中でチセの身体がびくんと跳ねる。

「ふぁっ！　……お兄ちゃん？」

これからなにが起きるのかわかっていないチセに、ノルンは微笑んだ。

「まずは綺麗にしよう。下着を脱がすね？」

「あっ……あ、ふっ……あっ……んっ」

濡れたショーツをゆっくり引きおろすと、チセは恥ずかしそうにしながらも、片足をあげてくれた。

（ボクがおこちゃまぱんつを脱がす日がくるとは……あぁ……ちんこがガッチガチに勃起してる……）

転生前なら絶対に経験できなかったであろう事態に、ノルンの股間は痛いほど硬くなっていた。

「……はうっ…………んっ、ひゃぁ……」

ノルンは、はぁはぁ、と息を荒らげながら、チセのショーツを足から抜き取った。

しゃがんでいる少年の視界には、ワンピースのスカートから覗く、幼い少女の女性器がはっきりと見える。

陰毛一本生えていない無毛地帯に、筋が一本通っている。ミーシアと違って、完全に膣口は閉じていた。

チセは、ノルンの火傷しそうな熱い視線を股間に受けて、身体をぴくぴく、と震わせていた。

もじもじする少女に我慢できず、ノルンは彼女の太ももに手を伸ばす。

(ロリっ子の喘ぎ声と、目の前の綺麗な筋……そして肌もすべすべで……ボクは、もうっ――我慢できない！)

ついにノルンは、眼前にあるチセの幼い割れ目に我慢ができず、しゃぶりついた。

「――ひゃぁ⁉」

突然、秘部を舐められる形になったチセが、驚きの声を出す。

が、ノルンは止まらない。

ぴちゃぴちゃ、と卑猥な水音を立てて、チセの割れ目を舐めていく。

「――あぁっ！　お兄ちゃん……そこっ、汚いっ、です……っ、あっ……あぁっ……おにいちゃ……っ！」

内股になり、ノルンの頭に手を置いて、抵抗を見せるチセ。

しかし、少年に舐められるのが嫌なのではなく、単純に恥ずかしいからだろう。

その証拠に、チセの顔は羞恥で真っ赤に染まっているものの、怯えた表情を浮かべているわけではなく、身を引くこともしていない。

むしろ、もっと弄ってほしいというように、身体をこちらに押し付けてきている。

そんなチセの反応が気にならないほど、ノルンは一心不乱に少女の膣口を舌先で堪能していた。

(ミーシアとは違う愛液の味と匂いがする……)

甘い匂いと味が、チセのほうが強い気がした。

幼いゆえか、舌先に伝わる少女の膣内の熱は高く、舌先が火傷しそうだ。

「おにいちゃ……あっ、んんっ」

(少しおしっこの匂いが混じってるけど、それもまたえっちぃ……)

少女を綺麗にしようと丹念に舌を割れ目に入れ、味がしなくなるまでちゅうちゅうと吸い続けると、チセがその刺激に身を捩った。

「おにぃ……ちゃんっ！　んっ、あぁんっ！」

ただ舐めているだけでは飽き足らず、指で割れ目を広げて舌を膣内へと伸ばす。

「――ひうっ、お兄ちゃんっ……お兄ちゃんっ！」

股の付け根から身体中に響く、甘く強い刺激に、チセが興奮気味の吐息を漏らす。

「お兄ちゃんっ！　きもちぃぃ……っ、ですっ……きもち……いいっ」

身体を小刻みに痙攣させて、刺激に震える少女にノルンはさらなる興奮を覚えてしまう。

「お兄ちゃんっ！」

ついにノルンの頭を押さえて大きな声をあげてしまうチセに、ノルンのテンションも上がっていく。

（うはぁ……ちっちゃい子に、お兄ちゃん、って呼ばれながらま○こ舐めるのって、めちゃくちゃ興奮するっ！）

度重なる刺激を受け、ぱっくりと開いた少女の膣にむしゃぶりつきながら、両手で小柄なくせに肉付きのいいチセのお尻を揉みしだく。

チセは快感を堪《こら》えようと爪先立ちになっている。

舐めれば舐めるほど、マ○コから蜜を溢れ出させ、敏感に震える少女の反応はノルンにとって嬉しいものだった。

（このまま舐めてイカせたい！）

反応のいいチセにそんな欲望さえ湧いてくる。

ノルンは欲望に従い、より強く性器を舐め、吸い付いていく。

すでに少年の口周りは少女の蜜によってベトベトだ。

しかし、そんなこと気になるはずがなく、ノルンは喜んで少女の愛蜜を味わう。

そんな舌愛撫を続けていくと、だんだんと少女の反応が変わっていった。

「んっ、あぁっ……お兄ちゃんっ……ペロペロっ、しないでぇっ、んっ、ああんっっ！」

今までは強い快感と刺激に、ただ耐えるようだったチセだったが、今は違う。

快感と刺激を味わえるように、受け入れ始めたのだ。

すると、少女の切ない声が、甘さを十分に含んだものへ変化していく。

「あっ、あっ……なにかっ、なにか、来ちゃいますっ！　おにいっ、ちゃんっ！」

身体を震わせながら、快感に酔うような声を出していくチセ。

ノルンは、彼女が絶頂を迎えようとしているのだとわかった。

「お兄ちゃんのっ、舌がっ、膣内でぐにぐにってっ……わたしのっ、中でっ、暴れてますうっ！」

（ボクがっ、女の子をイカせる！）

反応がよくなった少女に喜び、舌の動きをより強くする。

溢れる蜜を舐め取り、割れ目の先端の突起をちゅうっ、と吸う。

敏感な突起に強い刺激を受けたチセの身体が、大きく跳ねた。

「く……くるっ、なんかっ、きちゃうっ、きちゃいます！　おしっことは違うの、きちゃいますぅ！」

「いいよ！　そのままイっていいよっ！」

ついに限界に達しかかった少女は、ノルンの頭をしがみつくように抱きしめた。

細い腕に力が込められ、

「あっ、ああっ、くるっ……あんっ、ああっ、あぁーーーーーーーっ！」

大きな声を出して、絶頂を迎えた。

割れ目から蜜を噴き出したチセは、ノルンの顔を容赦なく汚す。

溢れ出した愛蜜は、少年の口には収まりきらず、太ももを伝いストッキングまで濡らしていく。

びくんっ、びくんっ、と繰り返し痙攣する少女は、全力疾走したかのように呼吸を荒くしていたが、しばらくすると力が抜けてしまったのか膝を折ってしまう。

ノルンの頭に伸《の》し掛かると、そのままかわいいお尻を床についてしまった。

「はぁ……はぁ……はーっ」

少年がチセの股から顔を抜くと、ぱっくりと開いた膣口が丸見えだ。

愛液に塗れてテラテラと光る秘部はいやらしく、少年の欲望をより高めてくれる。

さらに、

「お兄ちゃん……だいしゅきぃ……」

大股開きのまま、瞳を蕩けさせ、顔を真っ赤にした少女が健気なことを言ってくれるので、股間がいっそう硬くなってしまい、いつ暴発してもおかしくない状態になる。

（うぁぁぁ！　かわいいいっ！　この子とセックスしたい！　目の前の小さい子に、ちんちん突っ込みたい……っ！）

決して声に出せない欲望を心の中で叫びながら、ノルンは欲求に負けることなく、チセの肩を抱くと、囁くように問うた。

「チセ……このまま交尾してもいいかな？　ボク、我慢できなくて？」

「ふぇ？　発情日ですか？」

ノルンが王の器であることを知りえないチセは、若干驚きはあったものの、すぐに頷いてくれた。

「あ、あの……あの、わたしでよければ……お兄ちゃんと、交尾したいです……」

同意をもらったノルンは、ついに欲望を果たすことができると喜んだ。

ズボンをおろして陰茎を取り出すと、爆発寸前の男根は、先走り汁で濡れていた。

今も鈴口から我慢汁を漏らしているペニスを、チセの割れ目に添える。

くちゃっ、とした感触が亀頭から伝わり、その膣口の柔らかさと、熱だけで達してしまいそうになる。

だが、奥歯を食いしばって我慢すると、緊張気味の少女に声をかける。

「チセ、入れるよ？」

「は、はい……入れてください！」

少女が頷いてくれたので、ゆっくりと腰を動かしていく。

膣蜜に濡れた割れ目に、亀頭が埋没していく。

男を受け入れたことのない未使用の膣が男根を受け入れていく。

膣内はとても狭く、少年のペニスをこれでもかと締め付けてきた。

だが、それは抵抗ではない。むしろ、ノルンの陰茎を受け入れようとする膣肉の柔らかさも確かにあった。

「ふぁっ……お兄ちゃんが……入って……きます……っ！」

狭くも柔らかいチセの膣内は、高い熱を宿していた。

今まで味わったことのあるミーシアの膣と比べて、チセのほうが熱い。

それでいて、ミーシアとはまた違った優しさで、抵抗せず男根を飲み込んでくれる。

「あっ、ふぇ……ふぁあああぁっ！」

身体を震わせて、チセは陰茎を膣奥で受け入れてくれた。

一度、最後まで挿入してしまえば、彼女の健気さを表すように、膣も柔らかく男根を包んでくれた。

あっという間に、陰茎すべてが少女に収まった。

「はーっ、はーっ……入っちゃい、ました……」

初体験にもかかわらず、ノルンのすべてを受け入れたチセは、身体を小刻みに痙攣させながらうっとりしている。

ノルンは、そんな少女のかわいらしさに我慢ができず、腰を前後に動かし始めた。

「あっ、あぁあっ……お兄ちゃんのっ、入ってる……わたしの膣内にぃ……嬉しいっ……！」

(今日会ったばかりの……ミーシアより幼い子とセックスしてる……！　やばいっ、これっ……やばいっ！　やばいしか出てこないっ！)

働き者で、健気な年下の女の子とセックスしているという感動から、腰の動きが自然と激しくなる。

狭いと柔らかいが合わさった膣肉の具合のよさに、チセのことを気遣えず、身がってに腰を動かしてしまう。

少女の足を掴み、これでもかと腰を打ち付けていく。

「あっ……あんっ、あぁあんっ……んっ」

チセも膣を突かれ感じているようで、喘ぎ声に甘さがあった。

ミーシアもそうだったが、どうやらこの世界の女の子は感度がいいらしい。

「チセ……かわいいっ！」

「あんっ、うれっ、し……んっ、あんっ……ん、ちゅうっ」

感じる少女に我慢ができず、唇を強引に重ねる。

「ちゅうっ……ちゅっ、ちゅう、ちゅるぅっ……んっ、ちゅうっ」

突然のキスに驚き、目を見開いたチセだったが、抵抗することなく、むしろ受け入れるように舌を伸ばしてくる。

ノルンの舌が柔らかいチセの舌と絡み合い、唾液が混じり合う。

「はふぅっ……んっ、んんっ、ちゅっ、ちゅるぅっ」

唇と唇の合間から漏れるチセの吐息は甘い。

夢中になってノルンは少女の唾液を味わい、舌で口内を蹂躙《じゅうりん》する。

「んっ、あっ……ちゅっ、ちゅるっ、んちゅ……」

(チセの唇ちっちゃ……でもちゃんと舌を絡ませてくれる……ちっちゃい子とキスって興奮するっ！)

キスをしながら腰を動かす快感は凄まじかった。

上も下もとろとろで、まるで溶け合ってしまうのではないかという錯覚さえ覚える。

「んちゅうっ、チセの膣内っ、きもちいよっ！」

チセの膣肉は柔らかいのに、膣内全体はちっちゃくてきつさがあった。

その心地よい締め付けが、亀頭に容赦ない刺激を与えてくれる。

腰を動かして、膣肉で男根を擦れば擦るほど、射精感がうずうずと腰に溜まっていくのがわかった。

少女の膣はなによりも熱く、まるで火に炙《あぶ》られているようだった。

背丈は小さく、子供らしいのに、ムチムチした太ももを撫でながら、正常位で少女の膣奥を突き続ける。

「――くっ……チセっ、きもちいよっ」

「んっ、ああっ……っ、ああんっ、お兄ちゃんっ、わたしもっ……きもちいっ、です！」

幼い肉体で精一杯感じてくれるチセに興奮が止まらない。

陰茎で膣壁を味わう度に、彼女の膣は反応するように狭まっていく。

（――っ、膣内もちっちゃくて、キツくて……これっ……だめだ！）

射精感がこれでもか、と込み上がってくる。

「チセっ、締め付けっ、やばいっ！」

「お兄ちゃんっ、お兄ちゃんっ！」

気持ちよすぎる少女の膣内に、我慢などできそうもない。

ノルンは奥歯を噛み締め、必死で腰を振る。

「んっ、はぁっ、っ……あっ、あんっ、はぁぁんっ、おちんちんっ、きもちいっ、ですぅっ」

「チセっ、ボクもきもちいよっ！　チセの膣内っ、狭いのにっ、熱くてっ、最高だよっ！」

「ひうぅっ、うれしっ、うれしいですっ、はぁっ……んっ、ふっ、んっ、あああっ！」

少女の膣肉をペニス全体で味わいながら、ノルンとチセが絡み合う。

膣壁がさらに狭まり、ノルンを射精に導こうとぐにぐにと蠢いてくる。

気合をいれなければ、すでに射精してしまっていただろう。

それだけのキツさと柔らかさを、チセの膣は兼ね備えているのだ。

「はっ、んっ、ああっ、んっ、はぁ、おにいっ、ちゃんっ、すきぃ、すきですぅっ！」

「チセっ、ボクもだよっ、好きっ、大好きだっ！」

うっとりとした表情を浮かべながら、チセが喘ぎ、告白をしてくる。

それに応えるべく、ノルンも少女に告白し、唇を奪い、舌を絡めさせる。

「ちゅるっ、ちゅうっ、ちゅるるっ」

「んっ、んむぅ……はっ、はうぅ……んっ、はぁっ、ちゅうっ、ちゅうぅ」

キスをしながら喘ぐ少女の声が耳に心地よくて興奮が高まっていく。

今でも射精寸前だったのに、少女を抱きしめる肉感の柔らかさ、髪や汗の匂い、そして陰茎を締め付ける狭くも柔らかい膣肉が、溜まっていた射精感を解放しろと叫んでいる。

「チセっ、チセっっ！　ボクっ、もうっ！」

「お兄ちゃんっ、お兄ちゃんっ！　わたしっ、んっ、はあっ、お兄ちゃんっ！」

「チセっ！」

ノルンの腰には砕けそうな快感が集中し、あっという間に射精に至った。

「──くっ、出るっ！」

──どくんっ！　どくっ、どくっ……どくんっっ！

「あっ⁉　あああっ⁉」

チセの幼い下腹部に向かって、ノルンは容赦なく大量の精を吐き出した。

「──あ……あったかくて……きもち……ぃ……」

二度、三度、痙攣して、陰茎に溜まった精液をすべて出し尽くす。

まるで少女の中にマーキングするように、射精したにもかかわらず衰えることのない男根を、奥へと擦り付ける。

「……ふっ、ふうっ！」

大量の射精に腰回りがすっきりしたノルンであるが、興奮はまだ冷めることはない。

いや、むしろ、幼い少女に膣内射精したことで、さらなる興奮を覚えていた。

「チセ……今度は逆になってしよう？」

「こ、こう、ですか？」

「うん、そうそう。膝をついて、お尻をこっちに向けて」

「う……恥ずかしい……ですぅ」

正常位を堪能したので、次は背後から貫きたいという欲求を叶えるべく、チセにおねだりをする。

彼女はノルンに言われるがまま、手と膝をついて犬のようなポーズを取る。

小ぶりだが、しっかり肉のついたかわいらしいお尻が少年のほうを向いていた。

(お尻の穴まで、丸見えだぁ)

肛門がはっきりと確認できた。

秘部の割れ目からは、ノルンが吐き出した白濁液が逆流していて、いやらしく映る。

「入れるよ?」

「は、はい……んっ、ああっ、またっ……おちんちんっ、入って……きますぅっ、んんっ……はぁぁっ!」

ノルンは、チセの腰を掴んで、雄々しく反り立った男根を挿入する。

精液と愛液によって、滑りを増した少女の膣は、陰茎を飲み込むように受け入れてくれた。

「——っく、やっぱりキツいっ!」

すんなり挿入できたにもかかわらず、チセの膣内の狭さは相変わらずだ。

狭く、よく閉まる膣肉を味わいながら、亀頭を擦っていく。

「あっ、おにいちゃん……っ、おにいちゃんっ!」

チセも二度目というだけあり、先ほどよりも感じているのがわかった。

嬌声は大きくなり、耳に心地いい。

慣れてきてもいるのか、ノルンの腰の動きに合わせて、少女自らも腰を振るという順応さを見せてくれる。

おかげで、リズムよくチセに腰を打ち付けることができ、最初とは比べ物にならない快感がノルンを襲っていた。

「――っ、チセっ！　チセっ、いいよ！　いいよぉ！」

「んっ……あっ！　おにいちゃん……っ、おにいちゃんっ……あっ、あんっ！」

（ミーシアより小さいから、バックからだとさらにいけないことしてる気がするっ）

小柄な少女に後ろから覆いかぶさっている状況には、背徳感を覚えてならなかった。

しかし、それ以上の興奮を味わうことができる。

実際、転生前なら御用となってしまうだろう。

そんな「悪いことをしている」感覚が、スパイスとなっていた。

（かわいくて、小さいチセに興奮しないわけないじゃないか！）

「チセっ、チセっ！」

「――っ、おにいちゃ……わたし……いっぱい……きもちよく……って、んっ」

お尻と尻尾を振りながら、ノルンと同じく快感を味わっているチセ。

陰茎を包む膣肉が、愛蜜に塗れて滑りを増していき、少年はいっそう腰の動きを強くしていく。

「あっ、おにいちゃんっ、好きです……大好きですっ！」

「ボクも好きだよ！」

「あんっ……んっ、あぁっ、うれし……うれしぃ……」

「……チセ」

「お兄ちゃ……ひゃぁ……ふ」

少女を背後から抱きしめ、腰を動かしながら、こちらを向かせて唇を重ねた。

ちゅるちゅる、とお互いの唾液を舐め取っていく。

舌を絡めさせ、積極的に自分の唾を飲ませ、少女の唾液を貪った。

◆

「さあ、チセ、こっちにおいで」

「ひぁ？」

チセをゆっくり持ち上げると、ノルンは自らの腰の上に乗せた。

（――軽っ）

少女の軽さに驚きながら、足を片手で掴んで持ち上げると、大きく開脚させる。

背後から抱き抱えながら、腰を動かすと、今までとは違った膣壁を擦り新しい刺激が生まれた。

（ミーシアよりも小さいおっぱい……）

婚約者の少女より乳房は小さいが、触ってみるとその柔らかさは負けていない。

足を持っていないほうの手で、チセの小ぶりな乳房を弄ぶ。

「あっ……はへっ……あっ、あんっ……」

小さいながらも柔らかい乳房の感触もたまらないが、コリコリと硬くなった乳首もいい具合だ。

弄ばれて顔だけではなく、身体中を真っ赤にして火照らせているチセの乳首を軽く摘んであげると、膣肉がキュッと締まってくれる。

「おっぱぃ……きもちいいですぅ……」

幼いチセだが、膣でも乳首でも十分に快感を得ることができるのだとわかった。

「うぅ……ちくびっ、そんなに弄っちゃだめですぅ……はぁっ、ふっ、ふうっ、はぁんっ、んあっ」

（チセのおっぱい、ちっちゃいのにふにふにで柔らかい。あそこもキュッて締まるし、最高だ！）

反応もよく、打てば響いてくれるチセに、興奮しっぱなしだった。

チセの膣はペニスを締め上げるようにキュッ、キュッ、と狭まってくる。

それでいて、膣肉は柔らかく亀頭に、愛蜜と一緒に執拗に絡みついてくる。

抱き抱えている少女の軽さも腕に心地よく、自在に腰を動かすことができるため、ノルンの好きに動けるのもいい。

「――っはぁ……んっ、んあっ、はぁっ、おちんちんっ、奥までっ、とどいてっ、ますぅ！」

「チセっ、いいよっ！　チセの膣内っ、最高だよっ！」

ノルンに褒められたことが嬉しいのか、少女の膣壁が少年のペニスを奉仕するように扱き始める。

挿入だけでも十分すぎる快感なのに、そこに膣の蠢きが追加されてしまい、ノルンの視界に火花が散る。

「――っっ！　チセっ、チセっっ！」

「お兄ちゃんっっ！」

「ほらっ、チセっ、もっとお尻振ってっ、そうっ、いいよっ、いいよぉ！」

「はぁっ、はぁっ、んっ、ふっ、んっ……あっ、はぁっ、んっ、んんんっ！」

ノルンに言われたまま、チセもリズミカルに腰を動かしていく。

ふたりのタイミングが合い、チセの膣奥のより深いところに亀頭が届く。

その度に、少女の割れ目から蜜が噴き出し、少年の股間を濡らしていった。

「チセっ……チセの膣っ、グニャグニャってしてるのにっ、キュッと締め付けてきてっ、すごくいいよぉ！」

「――っ、はぁっ、おちんちんっ、奥までっ……届いてっ、ますぅっ！　トントンっ、トントンっ、されてっ、わたしっ、変にっ、なっちゃいますっっ！」

少年の亀頭が、少女の子宮口に届き、小部屋をノックし始める。

下から子宮を突き上げられる形になったチセは、今までにない快感を覚え、目を白黒させて、喘いでいる。

よだれを垂らして口周りを汚し、大粒の涙をボロボロとこぼしていた。

大きく口を開けた少女から飛び出すのは、艶《あで》やかな嬌声だ。

幼い体形、容姿に似つかわしくない、いやらしさが間違いなく今のチセに宿っていた。

「かわいいよっ、チセっ、チセっ！　もっとかわいい顔を見せてっ、ボクだけに見せてっ！」

「――んんっあああっ、はぁっ、おちんちんっ、深いっ、深いですっ！　お兄ちゃんのっ、おちんちんっ、おっきくてぇっ、奥までぇっ、わたしっ、わたしぃ！」

唾液がチセの胸元を濡らし、お腹まで伝ってくる。

涙とよだれで顔をぐちゃぐちゃにしながら、少女はノルンの男根で膣奥を突かれ続ける。

もうお互いに限界だった。

チセは、刺激と快感で息も絶え絶えになっており、ノルンはそんなチセのかわいさと、妖艶さに目を奪われてしまっている。同時に、ペニスには凄まじい快感が走り、射精感がこれでもかと津波のように腰に押し寄せてきているのだ。

(――ああっ、もう限界だよっ！　チセの膣内にっ、射精したいっ！)

早く少女の膣奥へ精を解き放ちたいと、陰茎が暴れている。

ぱんっ、ぱんっ、と音を立てて腰を打ち付けながら、ノルンはラストスパートへ移る。

「チセっ、チセっ、チセっ！　もうっ、もう出るよっ！」

「おにいちゃんっ……おにいちゃんっ……あんっ、あっ、おちんちんっ、大きくっ、なってぇ！　あっ、ああっ、あああっ……！」

腰を動かす勢いが増し、ノルンの股間に伝わる快感が大きくなる。

チセの反応も激しくなり、男根に絡みつく愛液も増していくのがわかった。

「――あっ……ああっ……おにいちゃんっ！」

顔を真っ赤にして、身体を痙攣させながら、甘く切ない吐息を漏らし続ける少女も、そろそろ限界を迎えようとしていた。

(うっ――出るっ、出ちゃいそう！　こんな小さい子と座りバックでエッチしているせいで、背徳感がすごいっ！　おかしくなりそうっ！)

体位を変えるごとに、幼いチセの色々な姿を見ることができて眼福だ。

その都度、幼い少女を貫いているという背徳感に襲われる。

だが、悪いことだとは思っていない。

その背徳感もノルンにとっては興奮を高め、射精を促すスパイスでしかなかった。

「いくっ、そろそろっ、いくよっ！」

「おにいちゃんっ！」

「出すよっ、チセっ！」

「……はいっ、出してっ、くださ——いぃっ⁉」

——びゅくぅっ！　びゅるるるうっっ、びゅぐっっ！

チセがノルンの射精を受け入れたと同時に、彼女の子宮へ大量の精液を解き放った。

子宮口に亀頭をくっつけ、勢いよく精を繰り返し、放出する。

「——あっ！　ああっ！　はぁあああっ！」

精を放ったノルンは、余韻に震えながら亀頭を子宮口に擦り付けるように腰を振った。

「はーっ、はーっ、はーっ！　お腹……熱いです……」

息も絶え絶えになりながら、頬を真っ赤にして下腹部を摩《こす》るチセから、男根を引き抜くと、途端に精液が逆流してきた。

二度も大量の精を放ったのだ。

子宮がすべて飲み込めなかったらしい。

どろり、と白濁液を垂れ流す、幼い割れ目は犯罪的にいやらしかった。

（うわ……すっごく出たんだなぁ）

少女の膣口から逆流する精液を眺め、満足したノルンは、チセの頭を優しく撫でる。

「気持ちよかったよ。ありがとう。頑張ったね」

「ひゃ、ひゃい」

どこか照れたような、それでいてくすぐったそうに目を細めるチセ。

そんな少女のかわいらしさに、ノルンは我慢できずに、キスをするのだった。

◆

セックスを終えたノルンとチセはふたり仲良くお風呂に入っていた。

ノルンは快適に湯船に浸かっているが、膝の上に座るチセは恥ずかしそうに身を縮めている。

（さて……ミーシアには後で説明しないと……大丈夫かなぁ？）

浮気、とは違うが、婚約者がいる身で別の少女に手を出したのは事実だ。

いくらこちらの世界では一夫多妻ができるとはいえ、ミーシアがどんな反応をするのか心配だった。

さらにいえば、チセはミーシアの幼なじみだ。

そんな立場の女の子に手を出したノルンのことを、ミーシアがどう思うのかというのもあった。

（……怒られないといいなぁ。でも……その前にけじめをつけないと）

ミーシアのことは後で考えるとして、今はチセのことだ。

控えめの性格だが、芯はちゃんと持っている子だ。

家事が得意で働き者で、頑張り屋さんでもある。

そんなチセのことがノルンはすぐに好きになった。

ノルンは決意すると、膝の上にいる少女に声をかけた。

「その、こんなときで悪いけど……チセさえよければ、ボクのお嫁さんになってくれないかな？」

「――え？」

ノルンの告白に、チセが驚いたように振り返る。

「わ、わたしがお兄ちゃんの……第二夫人に？」

「うん。チセさえよければ、なってくれると嬉しいな」

「それは……あ、その……わたしで……よかったら……っ」

受け入れる返事をしてくれたはずのチセの瞳から、涙がこぼれ落ちる。

ノルンは慌てた。

「ど、どうしたの!?」

（も、もしかして、嫌だったのかな？）

突如不安になってしまう。

チセの返事こそよいものだったが、泣かれてしまうと無理やり言わせたのではないかと思えてくる。

もっといえば、エッチだって発情してしまったからしかたがなくしたんじゃないかとさえ思えてしまい、マイナス思考になりそうだった。

「い、嫌だった？」

「……違います。嬉しいんです」

「……よかったぁ」

どうやら嬉しくて泣いたらしいことに、ノルンは強張っていた身体から力を抜く。

「わたしの身分は奴隷だから……この、一生外れない首輪を魔法省の人に付けられたときから……結婚は諦めていたので……ぐすっ」

チセは顔を覆って泣き始めてしまう。

「すごく……嬉しくて……うぅ、ごめんなさい……うぅぅ……」

（奴隷の首輪か）

チセに結婚を諦めさせていた首輪が目に入り、ノルンはそっと手を伸ばす。

どういう仕組みになっているのかわからないが、チセの首から外れることはないようだ。

(なんとかできないものかな)

チセを解放できればいいのに、と思いながら、そっと首輪に触れた。

——パリンッッ！

「——え？」

「ふぇぇ……？」

ノルンは目を丸くする。

無理もない。

チセの首輪にノルンが触れた瞬間、音を立てて砕け散ったのだ。

「え？　なんで？」

「……ふぇ、首輪が？　ふ、ふぇ、ええええーーっ⁉」

呆然《ぼうぜん》とするノルンを他所《よそ》に、突然首輪から解放されたチセの驚きの声が、お風呂場に木霊したのだった。

◆

夕方。

「ただいまー」

「おかえりー」

「って、どうしたの⁉」

仕事から帰宅したミーシアが、家の中に入るなり驚いた声を出した。

それもそのはず、リビングにはぐったりしてソファに寝転がるチセの姿があったからだ。

「ち、チセ？」

幼なじみに駆け寄るミーシアに、ノルンが苦笑いで説明する。

「いやー、チセの首輪が壊れて魔法が使えるようになったから、色々見せてもらってたんだけど」

「だけど？」

「魔力がゼロになったら力が入らなくなっちゃったみたいで……」

首輪が突然壊れてしまったチセだが、そのおかげか魔法を使えるようになっていたのだ。

異世界に転生したノルンが、魔法と聞いて黙っているわけがない。

チセの使える魔法を見せてほしいとねだり、それは彼女が力尽きるまで続いたのだった。

そんなノルンに、ミーシアが頬を膨らませる。

「もうっ、ノルン！　大丈夫なの、チセ？」

「心配かけてごめんね。もう、大丈夫です」

ソファから起き上がり、苦笑するチセ。

若干の疲れはまだありそうだが、彼女の言う通り、大事はなさそうだ。

ノルンはチセと目を合わせると、頷く。

すると、チセはソファから立ち上がって、若干俯きがちにミーシアを見た。

「どうしたの、ふたりとも？」

「えっとね、いきなりなんだけど、チセを第二夫人にしてもいいかな？」

「えっ？　本当にいきなりだね」

ミーシアはぱちぱちと瞬きすると、戸惑った声を出した。

しかし、怒りや嫉妬のようなものは一切感じなかった。

（……怒ってはいない、かな？）

ミーシアを窺いながら、頷く。

すると、彼女は、ぺたん、と耳を垂れさせるチセに問いかけた。

「チセはノルンが旦那さんでいいの？」

幼なじみの問いかけに、チセが頷く。

「わたしなんかがごめんね。でも……お兄ちゃんのこと……好きになっちゃって……」

躊躇いがちに告白するチセ。

ノルンがチセをフォローすべく言葉を探していると、ミーシアがにこっ、と微笑んだ。

そして、チセの身体を優しく包み込むように抱きしめる。

「よかったね、チセ」

「……ミーシア……う、ううう――」

ミーシアの口からは、怒りや拒絶ではなく祝福が発せられた。

安心したチセは、泣き出してしまう。

それからミーシアは、チセが落ち着くまで彼女を抱きしめていた。

(よかったーっ)

ノルンも安堵する。

これで奥さんがふたりになったことへの嬉しさもある。

にこにこして喜んでいるノルンにミーシアが声をかけた。

「ねえ、ノルン」

「うん?」

「ご飯食べたあと、楽しみにしててね」

「え？　あ、うん、わかった」

なにを楽しみにしておけばいいのかな、と首を傾げたノルンだったが、仲睦まじく夕食の支度に取り掛かるミーシアとチセの姿を眺めるのに忙しく、すぐに疑問を忘れてしまうのだった。

◆

そして、その日の夜――ミーシアとチセが、メイド服を着込んでノルンの部屋に現れた。

「おまたせー」

ベッドに寝転がってお嫁さんたちを待っていたノルンは、メイド服に身を包んだふたりの登場に、がばっ、と起き上がった。

つい先ほど、「ちょっと待っててね」とチセの手を引いて別室に消えたミーシアだったが、こんな展開が待っていたことにノルンの心が歓喜に震える。

「おおおっ！　ふたりとも、めっちゃかわいい！」

「えへへ、ありがとう」

「ふぁぁぁぁ……はずかしぃですぅ」

ミニスカートタイプのメイド服は、ミーシアとチセによく似合っていた。

ヘッドセットから覗く、獣耳も、一見するとコスプレのようでかわいらしい。

スカートから覗く猫と狐の尻尾も、ふたりのかわいさを引き立てていた。

ミーシアのメイド服姿は一度見ているが、チセのメイド服姿は初見なため、とても新鮮だった。

　とくに、ちょっと羞恥があるのだろう。ミニスカメイド姿で顔を赤くしてもじもじしている様子は実にかわいらしくて、そそる。

（ミーシアもチセもかわいいなぁ。獣耳美少女がふたり揃ってメイド服姿になってくれるんだから、異世界転生してよかったぁ）

　いつまでもお嫁さんたちの姿を見ていたいと思うノルンだったが、そんな少年にミーシアが頬を膨らませてちょっと拗《す》ねた仕草をした。

「それよりノルン！　チセから聞いたよ！　もうチセとセックスしちゃったって」

「ごめん、成り行きでつい……」

　謝罪するノルンだが、後悔は微塵もない。

　年下のかわいいチセとエッチしただけでなく、彼女を第二夫人として迎えることができたのだ。

　後悔などしたら罰が当たってしまう。

「私もいっぱいしてもらうんだからね！」

「うん。もちろんだよ！」

（……チセを第二夫人にするときは嫉妬しなかったけど、エッチしちゃったことには嫉妬するんだ）

いまいち、ミーシアの怒りどころがわからないノルンだった。

（……でも嫉妬するミーシアがかわいいからよし！）

美少女にやきもちを焼いてもらえることが嬉しいし、今までにないミーシアの一面を見れたので、ノルンからするといいこと尽くめでしかない。

「えへへ。じゃあ、さっそくエッチしようね。さ、チセも」

「……ふぇぇぇ、恥ずかしいけど……頑張ります！」

そうしてふたりは、揃ってベッドの上に乗る。

ノルンの足を伝い、下腹部に落ち着くと、笑顔のミーシアが少年のズボンに手をかけた。

「ふふ、ノルンのおちんちん……すごく元気になってるね」

かわいらしいミニスカメイド服の少女たちに興奮しているノルンの男根は、すでに勃起していた。

「……ふぁぁぁ」

反り立った逸物をパンツから取り出したミーシアは、まだ陰茎に慣れておらず見るだけで恥ずかしさを覚えて顔を真っ赤にしているチセと顔を合わせると、

「じゃあ、ご奉仕するね？」

ノルンの亀頭に舌べらを這わせ始めた。

「――ちゅっ、ほら、チセも」

「は、はい……ちゅうっ……ちゅる……こうすると、きもちいいですか？」

左右から美少女が陰茎に舌を伸ばす姿は絶景だった。

亀頭への舌奉仕の刺激も最高だが、視覚的にも素晴らしいの一言だ。

「んっ、ちゅっ……むちゅうっ、ちゅるう……」

「れろ……ぺろっ……れろれろ……」

ふたり掛かりのフェラチオの快感は凄まじいものだった。

「んちゅっ、ちゅるっ、ちゅるるっ」

「れろぉ……れろれろ……ん、れろぉ……」

それぞれ違う舌の感触と熱量が亀頭を襲う。

ざらつくミーシアの舌に対し、チセの舌は柔らかくムニムニしている。

舌の熱さはチセのほうが上だが、ミーシアの舌だって負けておらず、唾液の絡み具合が強く竿頭をあっという間に汁塗れにしてくれた。

異世界転生する数日前まで、童貞だったノルンでは想像もつかない刺激と快感だ。

「ああぁっ、いいよっ！」

獣耳美少女ふたりに同時にフェラしてもらえる男などそうはいないだろう。

地球ではもちろん、皆無である。

その優越感に浸りながら、ノルンは身体を震わせていく。

「ああっ……ふたりで舐めてもらうの……なんかすごいっ！」

王の器を持つノルンではあるが、本当に王様になったような気分になる。

「——すんっ、すんっ……はぁ……ノルンのおちんちんの匂い大好きぃ」

ミーシアは、亀頭を丁寧に舐めながら、鼻を鳴らして匂いを嗅いでくる。

唾液と先走り汁に塗れた竿頭の臭気に、うっとりと瞳を蕩けさせてしまっているようだ。

チセは、臭味を感じている余裕はないようだが、それでも夢中に陰茎を飴《あめ》のように舐めてくれていた。

「……お兄ちゃんのおちんちん……しょっぱくて、でも甘くて……おいしいですぅ」

ときにはふたりの舌が絡み合い、まるで男根を挟んでキスしているようにも見える。

（あぁ……美少女ふたりにボクのちんこを舐められてる……こんなの……幸せすぎるっ）

ぺちゃぺちゃ、と唾液が陰茎に絡む音が部屋に木霊する。

「あっ、ふうっ……れろっ、ちゅろっ……ノルンのおちんちん……おいしいぃ」

「ん……ちゅっ……ぺろっ……ぺろぉっ……おにいちゃんのおちんちん……おいしいぃですぅ」

夢中で舌奉仕をしてくれる少女たちの光景と、陰茎から伝わる強すぎる刺激に、頭がどうにかなりそうだ。

ふたりともフェラしながら興奮しているのか、かわいいお尻をムズムズと動かしている。

ミーシアに至っては、ショーツの上から秘部を指でなぞり、身体の昂りを慰めている。

ノルンの耳に、くちゃくちゃと卑猥な水音が響いてくる。

猫耳少女が興奮しているのがよくわかった。

隠して自慰しているようだが、ノルンからは丸見えだった。

一生懸命、秘部をなぞり身体を震わせる姿は絶景だった。

ついにはショーツをずらして、直接膣口に指を突っ込み、かき回し始めてしまう。

ミーシアがオナニーで快感を得ると、彼女の興奮がさらに高まり、フェラへの力も増していく。

舌の絡みつきが強くなり、亀頭が持っていかれそうだと錯覚するほどだった。

(ミーシアのオナニー……すごくエッチだ!)

女の子の、それも美少女のひとりエッチなどそうそうお目にかかれるものではない。

ノルンは指摘することなく、続けさせることを選択した。

「……ん……んあっ……チセ……次は、ノルンをもっと気持ちよくさせよ?」

「ちゅるっ……ふぇ?」

ミーシアに声をかけられて、舌奉仕を中断してしまったチセが首を傾げる。

すると、

「おちんちんをこうしてあげると、ノルンはもっと気持ちよくなるんだよ」

あーん、と大きく口を開いたミーシアが、ノルンの亀頭をすっぽり飲み込んでいく。

そのまま顔を大きく上下させ、可憐な唇を窄《すぼ》めて竿を扱き始める。

「はわっ」

チセは、ミーシアの行為に、目を丸くして驚いている。

こんなにも積極的なフェラを目にするのは初めてなのだろう。

しかし、顔を真っ赤にしながらも、目を逸らすことなく、むしろ食い入るように見つめていた。

「──んっ……んんっ、んくぅ……んぐぅ……っ」

喉の奥まで亀頭を咥え込み、顔を上下に動かしながら、卑猥な水音を響かせて、陰茎に唾液と舌を絡ませていく。

「──っっ、ミーシアっ、それ、いいっ！」

「……んぐっ！　んんんっ……んふっ……んんんふっ……」

ノルンに褒められたせいか、ミーシアのフェラが勢いを増していく。

最低限の息継ぎのまま、亀頭から竿の付け根まで口を窄めて吸い付くように丁寧に奉仕してくれる。

激しい前後のストロークのせいで、彼女のスカートが捲れ、淡い色の下着とお尻が丸見えだ。

腰が浮くほどの刺激を味わいながら、視覚でも楽しませてもらっている状況に、ノルンの興奮は高まる一方だった。

「……ミーシア……すごい……」

チセは、ミーシアに陰茎を奪われてしまったが、勉強するようにフェラを凝視している。

彼女も興奮しているのか、真っ赤にした頬に手を当てて、潤んだ瞳を向けていた。

(ボクのちんこで、少女が少女にフェラチオを教えてる……すごくいいっ！)

少年の足を掴んで、股間に顔を埋めてフェラを続けるミーシアに、声が漏れてしまう。

「ああっ、いいよっ、ミーシア！　ふぁ！」

「にゅぽっ……ぢゅぽっ……んぢゅっ、ちゅぽっ……ぢゅるるるっ」

蕩けた瞳のミーシアが、薄い唇を歪めて丹念にフェラをしてくれる。

美少女のミーシアの顔が歪んでいるが、むしろ、それさえ愛らしく思えた。

「ミーシア……きもちいいよぉ……」

ざらついた舌が陰茎に絡みつき、これでもかと亀頭を吸引する。

快感に身体を跳ねさせる少年は、手持ち無沙汰気味になりつつある少女に声をかけた。

「ち、チセ……ボクの乳首舐めてぇ……」

「は、はい……こう、ですか……ちろっ、ちろぉ」

ミーシアにフェラさせながら、チセに乳首を舐めさせる。

子猫がミルクを飲むような拙《つたな》いものだったが、小さな舌が的確に急所を捉えてくれるため気持ちいい。

チセは、男の肉体を舐めることに羞恥心があるのか、頬を真っ赤にしているも、嫌がるような素振りは一切なかった。

両者のもたらす快感は凄まじく、いやらしい。

一心不乱に股間を咥えるミーシアの姿もいいが、恥ずかしげに乳首を舐めるチセもいじらしくてよかった。

(天国はここにあったんだ……きもちよくて身体が蕩けそうだ……)

「んっ、くっ……ミーシアっ、そろそろっ……くっ」

ぢゅぽぢゅぽ、と音立ててフェラしてくれる少女に、限界を迎えそうだと訴える。

するとミーシアは潤んだ瞳で少年を見て、ラストスパートとばかりに吸い付く力が増すように唇を窄めていく。

「ぢゅるるるっ、ぢゅるっ、ちゅるるるるうっ……んんっ、ぢゅるっ」

今までにない刺激が、陰茎から脳天に伝わっていく。

ミーシアの可憐な唇が、これでもかと歪みノルンのペニスを扱いてくれる。

「れろ……れろぉ、お兄ちゃん……れろっ、れろぉ……」

チセも負けていない。

ノルンの射精に貢献したいとばかりに、小さい舌で丹念に肉体を舐め責める。

それだけでは終わらず、胸の先端を舐め、ときには吸い、甘噛《あまが》みさえしてくれる。

その刺激はまさに快感であり、男でありながら乳首を責められる気持ちよさをノルンは十分すぎるほど味わい尽くした。

ふたりの献身的なご奉仕に、ノルンの興奮は高まりっぱなしだ。

ついには、我慢ができなくなり、腰に溜まっていた強い射精感が一気に解放されてしまう。

「ら、ひっ……あっ……チセっ、ミーシアっ！　もうっ、出るっ！　出る出るっ、出ちゃうぅっ！」

——びゅるっ、びゅるるるるっっ！

「あああああああああああっ！」

ついに少年の限界が訪れた。

腰を浮かせ、背をのけ反らせたノルンは、一切の躊躇いなくミーシアの口へ熱い精を解き放っていく。

「んぐっ、んんんんっっ！」

射精感に身体を震わせるノルンが、すべての精を放出させると、

「——んっ、んぐっ……んっ、んんっ」

ミーシアは抵抗なく、精液をすべて嚥下《えんげ》してくれた。

射精しきったノルンが息を切らせていると、ちゅるんっ、と陰茎から唇を離したミーシアがうっとりした顔をする。

口を開き、精液と唾液が混ざった糸を引く少女は実に妖艶だ。

「んー。今日もノルンのせーし、とってもおいしいね」

蕩けた顔をしてそんなことを言ってくれるものだから、ノルンの男根は緩むことなく、むしろ、今まで以上に硬くなるのだった。

そんなノルンの腰の上で、ミーシアが足を開き、膣口を指で広げる。

愛蜜に塗れた割れ目は、見応えのあるサーモンピンクだった。

湯気が立ちそうなほど、とろとろに蕩けており美味しそうだ。

ごくり、と少年の喉が鳴る。

「ねえ……ノルン……今日はもうチセとしちゃってるんだよね？」

「……うん」

「だから……今は、私が先にしちゃっても……いいよね？」

(——ミーシア……今までより強力に発情してないか？)

戸惑いはある。

それ以上に、股を開いてこちらを誘う少女の誘惑に抗うつもりはなかった。

「……うん、入れるね、ミーシアっ」

腰を動かしてミーシアの割れ目に、亀頭をぴたりと当てる。

そこまですれば、ノルンがなにもせずともミーシアのほうから腰を落とし、陰茎を膣に飲み込んでくれた。

「にゃぁぁぁぁああっ！」

抵抗なく男根を咥え込んだミーシアの膣は、興奮によってこれでもかと蕩けていて心地がいい。

熱湯のような熱さと、絡みつく膣肉の柔らかさの具合がたまらない。

「ノルンのおちんちん入ってきたぁ！」

ペニスを根本まで飲み込んだミーシアの膣は、熱く、優しくノルンを迎えてくれた。

ミーシアが動かずとも、膣肉がノルンを気持ちよくしようと、竿を包んで蠢いてくる。

少しでも油断すれば、即座に射精してしまいそうな刺激が、亀頭から脳天に走る。

「ノルンっ……あっ、ああっ！　にゃぁあああんっ！」

発情に任せて、少年の上で器用に腰を振るミーシアは、実に気持ちよさそうだ。

その証拠とばかりに、陰茎が少女に差し込まれる度、彼女の割れ目から蜜が噴き出してくる。

瞳を蕩けさせ、顔を赤くし、呼吸を荒らげるミーシア。

口はだらしなく開き、よだれが顎《あご》を伝ってメイド服に落ちる。

少女は、口元を拭う余裕さえなく、一心不乱に腰を動かしていた。

「あぁっ……あっ、ああんっ……すごいっ！」

(ミーシアこそすごいっ！　搾り取られそうだぁ！)

少女が動く度にぐにぐにと膣壁が生き物のように蠢き、ノルンの精を絞り取ろうとする。

「はぁっ、ノルンっ……すきぃ……だいすきぃっ……！」

(でも、ボクも負けてられない！)

主導権を握られそうだったノルンは、優位に立とうと腰を突き出した。

「ふにゃぁぁぁぁぁぁぁぁっ⁉」

その刹那、ノルンの亀頭がミーシアの最深部に到達する。

ずんっ、と子宮口を突かれることになった少女は、舌を出して大きく痙攣した。

「あはぁ………奥ぅ……」

竿の先端で、少女のコリっとした小部屋をノックするように、ノルンがリズミカルに腰を上下させる。

するとミーシアは優位を失い、少年に覆いかぶさるように手をついてしまった。

それに伴い、少年の竿先が少女のより深くに突き刺さる。

気をよくしたノルンは、さらに腰を動かす。

ミーシアを屈服させせんとばかりに、熱を帯びた膣奥にある子宮を亀頭で叩く。

「──っ、ぁ……下から……ノルンっ、のぉっ……突き上げてっ、くるぅっ！」

少女も完全に負けていない。

少年の動きに合わせて、腰を上下させ始めた。

火傷しそうなほど熱い膣肉が、少年の陰茎に卑猥に絡みつき、刺激を与えてくる。

タイミングが合うと、ふたりで共に求め合うようになる。

「──しゅごい！　おちんちんっ、きもちいいよぉっ！」

ノルンの陰茎を咥え、ぱっくりと広がるミーシアの膣口からは蜜が溢れてシーツにシミを作っていた。

ふたりが動く度に、卑猥な水音が部屋に木霊していく。

彼女の発情と興奮が膣の熱さと柔らかな蠢きとなって、ノルンに伝わり、男根の硬さが増していく。

寝転がって腰を動かしていたノルンは、もっとミーシアが欲しくなった。

ミーシアもノルンを求めていたようで、お互いに貪るように上半身を重ねていく。

「んんっ、ちゅっ、ちゅうっ……あむっ、んっ、ちゅるるっ……」

身体を起こしたノルンの首にミーシアの細い腕が巻きつくと、ふたりは言葉を必要とすることなく唇を動かした。

「んちゅっ……ちゅぅっ、ちゅるるっ、あむぅっ……ちゅるっ、んちゅうっ」

舌と舌を絡め合い、喉の渇きを満たすように唾液を交換して飲み込む。

少女の唾液は、甘美だった。ほのかに汗の味もする。

もっと欲しくてノルンは、舌を少女の口の奥へと突っ込む。

口内は熱湯のように熱く、息だけで焼け爛《ただ》れそうだ。それでいて、柔らかいので癖になりそうな感覚に襲われる。

少年は無遠慮に、少女の舌だけではなく、歯茎を隙間なく味わっていく。

そんな行為をミーシアは嫌がるどころか、むしろ喜んで少年に唾液を流していくことで返してくれる。

少女も負けていない。

隙あらば、少年の口内に舌を伸ばし、歯や歯茎を舐め返してくる余裕まで見せてきた。

ふたりの混ざり合った唾液を無心に嚥下し、瞳を潤ませている。

「んっ、ふっ……ノルンっ、ちゅっ、ちゅっ、すきぃ……」

恍惚《こうこつ》とした表情を浮かべ、舌を絡ませてくるミーシアが愛らしい。

まるで子猫がミルクを求めるように、夢中になっている。

「ノルンっ……んっ、あぁっ、すきっ、ノルンっ、すきぃっ！」

ベッドを軋《きし》ませながら、少年と少女は激しく求め合う。

お互いに蕩け合うほど交わったふたりは、いつ絶頂を迎えてもおかしくないほどに興奮していた。

（やばい……ミーシアがかわいすぎて、もうイキそう……ん？）

絶頂を迎えかけていたノルンは、ミーシアに夢中になりすぎて半ば忘れかけていたチセの存在に気づく。

彼女はノルンとミーシアの交わりを見ながら、スカートの中に手を突っ込み、ショーツ越しに秘部をくちゅくちゅ、と撫でて、己を慰めていた。

瞳を潤ませ、火照り赤くなった身体を震わせながら、夢中でオナニーしていたのである。

（――っ、見られてる⁉）

自分たちのセックスに観客がいることを自覚したノルンに、さらなる興奮が襲いかかり、体温が急激に上昇するような衝動を覚えた。

（小さいチセに見られながら、ミーシアとの貪りセックス……めちゃくちゃ興奮するっ……！）

「――きゃっ、ノルン⁉」

感情が高まりすぎた少年はミーシアを押し倒して、チセに見せつけるように腰を振った。

結合部が泡立つ勢いで、陰茎を出し入れさせる。

その激しさに耐えきれず、ミーシアが背をのけ反らせて喘いだ。

「んっ、ああっ……ノルンっ、はげっ、しぃ！」

「ミーシアっ、ミーシア！　いいよっ、きもちいいよ！」

「あっんっ、私もっ、ノルンっ、あっ、んあっ、きもちっ……！」

「チセ、見て！　ボクとミーシアのセックスをもっとしっかり見て！」

「はぅぅぅ……」

ふたりの交わりを見せつけられ、チセは困惑の声を出しつつも、視線を逸らすことはなかった。

むしろ、チセの視線は食い入るようだった。

年下の少女の熱い目線を感じながら、ノルンはラストスパートとばかりに、よりいっそう激しく腰を打ち付ける。

「あぁっ、ミーシア！　ミーシアの膣内っ、熱くてっ、柔らかくてっ、きもちいよっ、ミーシア！」

「ノルンっ、わたしもっ、ノルンのっ、おちんちんっ、きもちいいぃっ！」

「もうっ、イキそっ！　ミーシアっ、ミーシアっ！」

ぱんっ、ぱんっ、ぱんっ。

腰と腰がぶつかり合い、結合部から蜜が飛び散る。

「ノルンっ、だいすきぃっ……出してぇ！　私の膣内にっ、出してぇ！　わたしもっ……

きちゃうぅっ！」

「いくよっ、ミーシア！」

「うんっ、きてっ、ノルンっ……きてっ！　孕ませてぇ！」

「ああっ、いくぅっ！」

少女の求めに、少年は溜まりに溜まった欲望を解き放った。

——びゅくっ！　びゅるるるるっっ！　びゅるっ、びゅーーーっ！

「にゃぁあああああああぁぁっっ！」

ノルンは、ミーシアの子宮目掛けて大量の射精をする。

赤ちゃん用の小部屋で、熱い精子を受け取った少女が、身体を大きく震わせて絶頂を迎えた。

射精後もノルンは、少女の子宮口を執拗に亀頭で撫でるように腰を押し付ける。

「はぁーっ、はーっ……おなか……熱いよぉ」

下腹部を撫でながら、精の熱を感じとるミーシアに、ノルンが生唾を飲み込んだ。

未だ硬いままの男根を、そのまま満足させたい衝動に駆られるが、

（……次はチセの番だね）

顔を真っ赤にしながら、オナニーを続けていたチセをこれ以上待たせるのはかわいそうだった。

彼女は今もなお、大粒の汗を浮かべて、大股を広げて指と腰を必死に動かしている。オナニーまでして待っていてくれる少女のために、名残惜しいが陰茎を膣から引き抜いた。

「――あんっ、抜けちゃう」

ミーシアも名残惜しそうな顔をしてくれた。

男根を抜くと、少女の子宮に収まりきらなかった精液が逆流してくる。

「……あっ、すごい……こんなにたくさんもらっちゃったんだぁ……」

うっとりとした表情を浮かべて、しばらく余韻に浸っていたミーシアだったが、顔を真っ赤にして見つめているチセに気づき、

「……あ」

ふらつきながらも、身体を起こすと、幼なじみの肩にそっと手を伸ばす。

「待たせちゃってごめんね。チセも一緒に……しよぉ」

ミーシアの誘いに、チセはノルンを一瞥《いちべつ》すると、期待した顔で小さく頷いた。

「さ、横になって」

「は、はいぃ」

小柄なチセをベッドに仰向けに転がすと、細い足を掴んで開脚させる。

「あうぅ、恥ずかしいですぅ」

ショーツにははっきりとしたシミが浮いていた。

しかし、指摘するようなマナー違反はしない。

そんなことを言えば、チセを困らせるだけだ。

紳士なノルンは、そっとチセの足からショーツを引き抜いた。

「……っ、おにいちゃん……」

「ふふ、チセ、かわいいっ」

愛液でテラテラと光る、秘部の縦筋をミーシアが指で広げた。

セックスを覚えたてのピンクの割れ目が、ノルンを求めるようにひくついている。

「さ、ノルン、入れてあげて」

「う、うん。チセ、入れるね？」

「はぁい……おにいちゃん……わたしで気持ちよくなってくださいぃ」

そんな健気なことを言われてしまったら、興奮しない男はいない。

ノルンは乱暴にしないよう気をつけながらも、昂った欲望に促されるまま、そそり立つ男根をチセの割れ目に挿入した。

「——ぁっ、あああぁぅっ、はいって……きますぅ……」

「チセの膣っ、キツくてっ、熱くてっ、きもちぃっ！」

未発達なチセの膣内は狭く、陰茎をこれでもかと締め付けてくる。

グニグニ、と蠢く膣壁が、これでもかと男根を刺激してくる。

狭くキツい幼い膣ではあるが、柔らかさも十分に存在するため、ずっと味わっていたい心地よさがあった。

「……チセ、私も、気持ちよくしてあげるね？」

「ふぇ……み、ミーシアっ、んっ、ああっ、ふぁっ……んあぁぁっ」

幼なじみのセックスに興奮を隠せないミーシアが、チセのメイド服の胸元をはだけさせると、小さな乳房の先端に吸い付いた。

幼い乳首は敏感で、ミーシアの舌先で遊ばれると、硬く突起してしまう。

「あっ、ああっ、んっ……おにいちゃんっ……んあっ、ミーシアぁっ」

ノルンに貫かれ、ミーシアに乳首を弄ばれるチセは、切ない吐息を漏らしながら喘ぐ。

だが、まだ声を出すことに恥じらいを感じているのか、我慢している様子が見受けられた。

そんなチセが愛らしくて、ノルンの腰の勢いが増してしまう。

「チセっ！　チセっ！」

「ああっ、おにいちゃんっ……んっ、おちんちんっ、硬くてっ……あああんっ……ふかっ、ふかいっ、奥っ、届いてるぅっ！」

狭く浅いチセの膣奥に、ノルンの亀頭は容易く届いてしまった。

最深部を突かれて幼い少女が身体を痙攣させる。

「——ああっ！　あっ、あっ、おちんちんっ、おおきっ……しゅごいっ！」

力強く喘ぐチセの乳首に、ノルンも腰を動かしながら吸い付く。

年下の少女の声は大きくなり、身体を気持ちよさそうに跳ねさせた。

「あぁ……きもちよすぎてっ……ふぁっ……あっ、おかしくっ、なっちゃうぅ……ふぁぁぁぁっ！」

ノルンに膣奥を突かれながら乳首を咥えられ、ミーシアにも舐められるチセは、今までにない刺激を身体中に受けて悲鳴のような嬌声をあげ続ける。

「——ひぁっ⁉」

ミーシアと揃って、チセのかわいい乳房の突起を唇で引っ張ると、少女はよりよい反応を見せてくれる。

ノルンの興奮は高まる一方だ。

愛らしい胸から口を離すと、喘ぐ少女の唇を塞ぐ。

「チセ」

「んちゅう……ん……ちゅっ、んちゅう……」

ノルンの口づけに、チセが吸い付いてくる。

チセの幼い舌が絡むと、さらりとした唾液の甘酸っぱい味わいが口内に広がっていく。

ふたりは舌をより絡めて、深いキスを続けていく。

すると、

「……ノルン……私も……」

自分もキスをしたいと、ミーシアがチセの乳首から口を離してノルンにおねだりをした。

お嫁さんの要望に応えるべく、チセから唇を離してミーシアとキスをする。

「……んっ、ちゅうっ、んんっ……」

ミーシアのキスは積極的だった。

唇を少年の口内に侵入させ、唾液を吸い取っていく。

甘ったるい唾を味わいながら、ノルンは幸福感に満たされていく。

その間にも、止まることなくノルンはチセの膣肉を味わうため、腰を動かし続ける。

「──あぁっ！　あはぁっ……はぁっ、あっ……おにいちゃんっ……！」

「……チセ、今度は背後からしよ？」

「は、はい。どうぞ……」

ミーシアから唇を離したノルンは、正常位からバックに体位を変えると、小ぶりのチセのお尻を両手で掴んで挿入し直す。

パンパンっ、とリズムよく腰を打ち付け、チセの膣の具合を味わい尽くそうとする。

「ふぅ……はぁっ……チセっ、きもちいよっ！」

「あっ……おにいちゃんっ……奥までっ……」

（何回やっても、小さいチセとバックでエッチするのは背徳感がすごいっ！）

ぞくぞくと背筋に、いけないことをしている快感が走り、ノルンの興奮がさらに高まってしまう。

チセの狭い膣肉を、背後から容赦なく腰を動かして味わう度、これでもかと刺激が亀頭に走る。

すでに射精感は腰まで迫《せ》り上がっている。

もっと少女の膣を感じていたかったが、我慢せずともいつでもお嫁さんになってくれたチセとセックスできるとわかっているので、今のノルンには余裕があった。

「――チセっ！　そろそろ出すね！　子宮にたっぷり注ぐね！」

込み上げてくる欲望を果てさせようと、少年の腰の動きが勢いを増す。

それに応じて、チセの喘ぎも強くなる。

小柄な少女を押し潰さんとばかりに、背後から伸し掛かりラストスパートをかける。

「チセっ、出すよっ、子宮に出しちゃうよ！」

「は、はひっ……だしてくりゃさい……！　おにいちゃんっ、だしてぇ！」

チセはノルンの精を受け止めようと、より膣圧を強めてくる。

「おにいちゃんの子供っ！　産みたいっ、ですっ！」

「いいよ、チセ。ほらっ……ボクの子供、孕んでっ！」

「……はっ、はぁっ……ふっ、はいっ、孕みますぅっ！」

腰の動きが止まらない。

チセが子供を産みたいと言ってくれたせいだ。

亀頭はパンパンに膨らみ、少女を孕ませようとそのときを期待して待ち構えている。

卑猥な水音を立てて、少女の膣を陰茎でかき回している少年に、ついに限界が訪れた。

「──ふぅぅっ！　出るっ！　出るよぉおおおっ！」

──ドクンっ！　ドクンっ、ドクっっ！

「あっ──あはぁっ……あっ、んっ、あああぁっ！」

身体を大きく痙攣させて、チセの子宮に大量の射精をした。

「はぁーっ、はーっ！」

興奮の末の射精はとてつもなく気持ちよく、余韻が果てしない。

それでも衰えることを知らない男根は、脈打ちながらチセの膣奥に収まっている。

とはいえ、いつまでも覆いかぶさっていてはチセが重いだろうと、ゆっくり陰茎を少女から抜いた。

同時に、膣口から精液が噴き出した。

(小さいチセから精液が逆流するとか、エロすぎ)

そんな感想を抱きながら、チセのかわいいお尻を眺めていると、

「ねえ……ノルン」

艶のあるミーシアの声が耳元で響いた。

「私にも、して？」

——ごくり。

ミーシアのお誘いに、ノルンが唾を飲み込む。

猫耳少女は、チセの上に覆いかぶさると、自らの秘所を開いてみせる。

チセに夢中になりすぎて放置する形になっていた少女の膣は、とろとろに濡れていた。

「もっと、せっくす……しよぉ」

「おにいちゃん……あの、してください……」

ミーシアだけではなく、彼女の下で仰向けになったチセも、同じように膣口を広げておねだりをする。

むせ返るような少女たちの発情した匂いに、ノルンの頭がクラクラしてどうにかなってしまいそうだった。

（——こんなエッチに誘惑されて断れるわけがないよ！）

「じゃあ、ミーシアから入れるね！」

「——あんっ、嬉しいっ！」

バックから挿入すると、ミーシアは嬉しそうに鳴いた。

「あっ、ん……ノルンっ、はげっ、しぃっ……んっ、ああっ、んあああああっ！」

蕩けきったミーシアの膣内は火傷しそうなほど熱かった。

柔らかく包み込んでくれる膣肉が、亀頭に優しくも、しっかりと刺激を与えてくれる。

「ぐぅっ、次はチセだね！」

「……あっ、ああっ、はいってきますぅっ……おにっ、ちゃんっ！」

続いて、チセに正常位で挿入した。

小さなチセは、膣まで小さい。

狭くてキツいだけあって、締まりは最高だ。

優しく包み込んでくれるミーシアと違い、陰茎を挟み込んで擦り上げてくれる。

(――っ、相変わらずっ、ふたりとも、膣の感触が全然違う！)

どちらがいいとは言えない。

ふたりとも、長所がそれぞれあって気持ちいいのだ。

「ノルンっ、私にもぉ！」

「うん！　次はミーシアだ！」

再びミーシアに陰茎を挿入し直し、グニャグニャに柔らかい膣肉をかき回していく。

ノルンは何度も、ミーシアとチセに交互に挿入した。

「あんっ、ノルンっ、おちんちんっ……いいよぉ！」

「──んっ、おにいちゃん……」

ミーシアの膣を味わっていると、寂しそうに瞳を潤ませるチセが見つめてきた。

放置するのはかわいそうなので、

「チセ」

「──んちゅう、んっ、れろっ、おに、いちゃん……んちゅっ、ちゅうっ」

唇を奪ってチセを味わう。

ミーシアの膣を男根でかき回しながら、チセと濃厚なキスをする。

最高のひと時だった。

「チセ、ミーシアともキスしてあげて」

「……はい……んっ、ミーシア」

「あんっ、ちゅっ、やんっ、チセ……んちゅ、ちゅっ、ちゅうっ」

せっかく三人でエッチしているのだから、美少女同士の絡みも見たくなり、チセにお願いすると、発情に酔っている少女は躊躇うことなくミーシアにキスをする。

ちゅるちゅる、と舌を絡め合い、唾液の交換をするミーシアとチセ。

玉のような汗を浮かべ、恍惚とした表情でキスをするふたりはたまらなくいい。

「ほらっ、ミーシア！　チセだけじゃなくて、ボクにも集中して！」

「──はうっ、んんっ、はぁっ、ノルンっ、チセっ……んっ、はあんっ、んはっ、いいっ、ノルンのおちんちんもっ、チセとのキスもっ、私っ、もうっ、らめぇっ！」

「あんっ、おにいっ……ちゃんっ、んっ、はぁっ、んあっ、ああっ、んっ、はぁっ」

その後、どちらで射精しようか悩みながら、ふたりの味比べを楽しんだノルン。

何度も体位を変え、代わる代わる少女たちに膣内射精していく。

王の器を持つノルンの勃起は治まる気配がなく、繰り返し少女たちを味わっては、射精していく。

飽きることのない交わりに、体力気力を総動員した。

ミーシアは健気に尽くすように腰を振り、セックスに慣れてきたチセは絶頂をより感じやすくなった。

精液がふたりの膣から逆流するほど注いでも、さらに陰茎を突っ込んで射精を繰り返す。ときには少女たちを交わらせて、視覚的にも楽しみながら、彼女たちを貫き続けた。

（──はぁ、はぁ……もう何回したかわからないや）

ベッドの上には、膣から精液を垂れ流し、水たまりを作っているミーシアとチセがいる。

ふたりとも、はぁー、はぁー、と息を切らせて、だらしなく口を開ききっていた。

何度も絶頂を繰り返した少女たちは、思い出したように身体を痙攣させている。

ノルンはそんなお嫁さんふたりの痴態に、未だ治まることなく勃起した男根を扱きながら、次はどちらの少女に挿入しようか悩む。

——その後、三人は疲れ果てて眠ってしまうまで、セックスを繰り返した。

絶頂し、半ば意識を飛ばすように眠ってしまったミーシアとチセは、とても幸せそうだった。

ノルンも、充実した理想の異世界生活に満足して、眠るのだった。

◆

翌日の朝。

「——っ、これ……」

ミーシアと一緒に、身支度を整えたチセは、鏡の前で、首に巻かれたリボンに触れて、目を見開いていた。

「ふふ。首輪じゃなくて、こっちのほうがかわいいでしょ？」

「……ミーシア」

「チセ。これで、私とお揃いだね」

そう言って微笑むミーシアの首にも、同じリボンが巻かれていた。

チセは瞳を潤ませる。

「ねえ、チセ。覚えてる？　昔、約束したよね」
ミーシアの言葉に、古い記憶を呼び起こす。
かつて、仲間外れにされているチセと友達になってくれた心優しい幼なじみ。
ふたりは一緒に遊び、同じ時間を過ごし、いつしか、夢を語り合った。
『私は優しい旦那様のお嫁さんになって暮らすのが夢なんだ』
『ミーシアはかわいいし、なんでもできるから、お嫁さんになれるよ』
幼なじみの夢を聞いて、チセは暗い顔をした。
『わたしはこの首輪があるから……ずっとおうちの手伝いをして生きると思う』
叶わぬ夢は願わないようにしようと決めていたチセだったが、ミーシアは違った。
しょんぼりするチセにいつもと変わらぬ優しい笑顔で、言ってくれた。
『大丈夫だよ。チセはかわいいもん！　そうだ、一緒にお嫁さんになろう！』
『――え？』
『優しい旦那様のお嫁さんにふたりでなるの！　ね、約束！』
それは小さな小さな子供の約束だった。
「昔した約束……叶ったね」
「ミーシア……わたし……わたし……う、うぅぅぅ……」
チセの瞳から涙がボロボロとこぼれていく。

幼なじみが約束を覚えていてくれたことが嬉しかった。

ノルンという大好きな人と出会えたことが嬉しかった。

ミーシアは、涙を流すチセを強く抱きしめた。

「ふたりでお嫁さんになれるね！」

第三章

「ごめんくださーい」

チセがボクのお嫁さんになって数日が経ったある日の午前中。

自宅に誰かが訪ねてきたので、ノルンとチセが対応した。

ミーシアは仕事に出ており、不在である。

「はーい」

「こんにちはー、ってあれ？」

ドアを開けると、そこにはうさ耳の巨乳美少女が小包を抱えて立っていた。

「あ、お隣のラビメアちゃん？」

「おにーさん、こんにちは！」

彼女の名前はラビメア。

ウサギの耳を生やした背丈は小さいが巨乳の美少女――俗にいうトランジスタグラマーという体形の持ち主だ。

決して太っているわけではない。しかし小柄ながら全体的にムチムチして肉付きがよく、とくに胸がメロンのように大きかった。ノルンは彼女と会うと、ついその魅力的な肢体に目がいってしまっていた。

そんな彼女は、肩出しのワンピースに身を包んでいる。

シンプルだが、清楚な感じがして、かわいらしく、よく似合っていた。

「えっと、どなたですか？」

「チセ。この子は、お隣のラビメアちゃんだよ」

初対面のチセに、彼女のことを紹介しながら、ノルンの視線はうさ耳少女の胸元へ注がれてしまう。

（……相変わらず、でかい……）

「おにーさん、おにーさん！　こちらの方は？」

興味津々に尋ねてくるラビメアに、ノルンはチセの肩を抱いて自慢げに紹介した。

「この子はチセ。ボクの第二夫人だよ」

「チセです。よろしくお願いします」

充実しています、とばかりにふたりで笑顔になる。

すると、なぜかラビメアが変な声を出して、身体を跳ねさせた。

「――ぴぃっ！　だ、第二夫人？」

「うん。そうだよ。こんなかわいい子が奥さんになってくれて、ボクは幸せだよ」

「お兄ちゃんったら……もう」

ノルンは、この年下でかわいらしい奥さんを自慢したくてしょうがなかった。

褒められたチセは、顔を真っ赤にしてノルンの腕に、自らの腕を絡めてくる。

「ら、ラビメアです。よろしくねー……あははは」

「はい。よろしくお願いします」

どこか引きつった笑顔で手を振る少女に、チセは丁寧に頭を下げた。

「……第二夫人かぁ。いいなぁ。おにーさんのことあたしも気になっていたんだけど……羨ましいなぁ」

心なしかしょんぼりした表情のラビメアがなにかを呟いているようだったが、ノルンはうまく聞き取ることができなかった。

「ごめん。今、なんて言ったの？」

「え？　う、ううん、なんでもないよぉ……あはははは」

ぎこちないラビメアに、気になったノルンが首を傾げる。

「それで、今日は突然どうしたの？」

「あ、忘れてた。おにーさん、うちのお姉からクッキーのお裾分け！」

そう言ってラビメアが差し出してくれたのは、小袋に入ったクッキーだった。

バターと甘い匂いがノルンの鼻腔をくすぐる。

「ありがとう。お姉さんの手作りクッキー、美味しいんだよねぇ。お礼を言っておいてくれる?」

「うん! それじゃあ、またねぇー!」

そう言って手を振るラビメアは、たわわな胸を揺らして去っていく。そんな彼女を見送ると、ノルンとチセは家の中へ戻るのだった。

◆

ラビメアのお裾分けに舌鼓を打ったあと、ノルンは散歩に出ることにした。

家で掃除をはじめとした家事を頑張ってくれているチセの邪魔にならないようにと気を使ったのである。

しかし、異世界転生してからまだ数日。行く当てもなくふらふらとしながら、思考を飛ばしていく。

(もっとこの世界について色々知りたいな。魔法のこともそうだけど、図書館以外にも博物館とか古い遺跡を見て回るのもいいかもしれないな。あと、誰か調べるのを手伝ってくれる協力者が欲しい……都合よく、大賢者のロリババアとかいないかな。それとなく、情報を持ってそうな人物を探してみるか)

考え事をしながら歩いていたノルンの足が、自然と公園の前で止まった。

（——よし。その前にマイブームの公園散歩でもしよう！）

最近、覚えた数少ない趣味のひとつだ。

といっても、健康志向とかではない。

下半身的思考による趣味だ。

（この世界は雌が多いから、公園も女の子ばかりで最高だねぇ）

ノルンの視線の先には、噴水で遊ぶ少女たちがいた。

雄が少ないこの世界では、この公園で遊ぶ子供も無邪気な少女たちばかりであり、ノルンにとって楽園のような場所であった。

（——あああっ！　パンチラ、胸チラ天国ぅぅぅぅ！）

遊びに夢中になっている少女たちは、実に無防備だ。

噴水遊びに夢中になるあまり、スカートが捲れることはもちろん、腕を上げて脇から胸がこぼれそうになることに頓着《とんちゃく》する様子がまるでない。

そのため、少女たちの下着はもちろん、桜色の乳首まで見ることができた。

無垢な少女たちの声に耳たぶを震わせつつ、スカートの揺れに合わせてチラチラと見える無防備な秘部や、わずかに揺れる小ぶりな胸を堪能していく。

（うへへ……最高すぎるんですけど）

前のめりに夢中になってしまうノルン。

そんな少年は、

「おにーさん！　なにしてるのぉ？」

背後から誰かに甘ったるくも元気のいい声をかけられ、びくりっ、と身体を跳ねさせて驚いた。

慌てて振り返ると、そこには、今朝、お菓子をお裾分けしてくれた少女がいた。

「えっ？　あ、ラビメアちゃん？」

ウサギ耳を生やした、小さい体形に巨乳を持つ美少女ラビメアだった。

にこり、とした少女の容姿はとてもかわいらしく愛らしい。人好きするタイプに思えた。

前屈みでこちらを覗き込んでいるため、たわわな巨乳が、白いワンピースの胸元からこぼれ落ちてしまいそうだった。

午前中に会ったばかりの少女との再会は嬉しいが、いやらしい視線で少女たちを眺めていたノルンは少々バツが悪かった。

「……んー？　おにいーさん、女の子たちを見てたのぉ？」

「い、いや……ちょっと休んでただけだよ……あははは」

はい、見ていました、と言えるはずもなくノルンは誤魔化すように乾いた笑い声をあげる。

「……ふーん」

そんな少年をどこか怪しげに眺めていたラビメアは、

「じゃあ……こういうのなんとも思わない？」

なにを思ったのか、ラビメアは自らのワンピースのスカートの裾を摘むと、ノルンに見せつけるようにおもむろに持ち上げていく。

これにはノルンも慌てたが、この先に待っているであろう展開に思わず見入ってしまう。

ラビメアは、スカートをたくし上げると、縞々のショーツを見せつけてきた。

「え？　ラビメアちゃん⁉　な、なにを……」

くすくす、と小悪魔のような笑みを見せながら、頬を赤らめているラビメアはかわいかった。

ノルンも動揺しながら、少女のショーツから目を離せない。

（――縞パン！）

隣人の、それも年下美少女の下着を間近で見てしまうことになったノルンは、正直興奮していた。

眩《まぶ》しい縞々ショーツが、白くムチムチした肉付きのいい太ももに食い込んでいる姿が素晴らしい。

小柄なくせにむっちりとした少女の肉質は、実に柔らかそうだ。

布一枚を隔てた向こう側に、ラビメアの秘部が隠れていると思うと、ノルンの股間が痛くなる。

「おにーさんは、あたしみたいな子供の下着が見えても……嬉しくないよね？」

どこか挑発的な顔のラビメアは、さらにショーツを見せつけるようにスカートを持ち上げる。

すると、ショーツはもちろん、おへそまで丸見えになってしまう。

（——って、なぜ突然パンツを見せるの⁉　ここは公園で、ていうか、外で……あわわわ……）

ラビメアの行動を疑問に思いながらも、無意識に息を荒らげているノルンは、少女の下着を食い入るように覗き込んでしまう。

ムチムチとした太ももそうだが、肉付きのいいお腹周りも実に美味しそうだ。

興奮したノルンは、もう少しで、スカートの中に頭を突っ込んでしまいそうな距離にもかかわらず、自分がなにをしているのか気づけない。

「もーっ。おにーさん近いよぉ……もしかして、コーフンしちゃった？」

砂糖のように甘ったるい声で問われ、ノルンははっと正気に戻った。

今にも少女の下着に鼻先を埋めそうだった姿勢から、勢いよく頭を引く。

内心冷や冷やしながら、ノルンは平静を装ってみせた。

「ははは っ……そ、そんな、発情日でもないんだから興奮なんて」

すると、ラビメアはそんなノルンの心情を見抜いたのか、小悪魔的な笑みを浮かべつつ後ろを向き、お尻を見せつけながらスカートを捲り始めた。

「だよねぇ。こんなのじゃコーフンしないよねぇ……」

縞パンを剝き出しにして、挑発するようにムチムチしたお尻を左右に振ってくる。

白く大きな丸みを帯びた肉付きのいい臀部といい、眩しい太ももといい、ノルンを興奮させるには十分すぎた。

しかし同時に、戸惑いも生まれている。

（――仲のいいお隣さんって関係だったはずなのに……どうして？）

午前中に会ったときはいつもと変わらなかったのに、今はまるで別人だ。

まるでノルンを興奮させようとしているラビメアに、驚きを隠せない。

（なんなんだよ、この痴女……いや、この小悪魔は⁉）

お尻を振りながら少しずつ近づいて誘惑してくる少女に、股間が痛いほど勃起してしまった。

（……ぅぅっ……このままラビメアちゃんをオカズにしてシコりたい……）

少女の意図は不明だが、彼女が誘惑をしているというのならそれは大成功だ。

男根が疼《うず》き、射精したいとばかりにパンツの中で跳ねている。

「くすくす……あれー。おかしいなぁ……おにーさんのズボン……膨らんでるー？」

少女の視線がズボンの股間部分に集中すると、からかうような笑みを浮かべてきた。

「こ、これは……そのっ」

挑発を続け、縞パンと桃のようなお尻を見せつけてくるラビメア。

(くっ、縞パンでシコりたい……触りたい……このエロガキめ！　いっそ押し倒してやろうかな！)

我慢にだって限度がある。

向こうが挑発してくるのだから、と考えてしまったノルンに、

「えーいっ！　おにーさん！」

スカートを翻し、縞パンとお尻を隠してしまったラビメアの手が伸びる。

そのまま、座っているノルンの太ももの上に、柔らかなお尻を載せて、頭を抱え込むように抱きついてきた。

少年の肩に手を回し、耳元に唇を寄せた。

「おにーさんのえっちっ」

甘い少女の吐息と声が、耳に響いた。

「――っ」

「あたしの下着見て勃起しちゃったね」

ラビメアは、にまにま、とからかうような声音と顔で、ノルンを見つめてくる。

「いや……だから……」

言い訳をしようとするノルンの言葉を妨げるように、ラビメアがたわわに実った胸を押し付けてくる。

（うわっ、おっぱいむにゅんって！）

「あたしをおにーさんの第三夫人にしてくれたら、好きなだけエッチなことできるよぉ？」

蜂蜜のような誘惑する声と、押し付けられる巨乳の柔らかさ、少女特有の高めの体温、そして甘い匂いがノルンをクラクラさせる。

が、あまりにも衝撃的なことを言われたため、すぐに正気に戻った。

「え⁉」

今までの遠回しな挑発ではなく、はっきりと言葉で言われたためノルンが驚く。

「ダメなのぉ？　あたし、おにーさんのこと好きなの……おにーさんのお嫁さんにして？」

再びスカートを捲ってショーツを見せつけてくるラビメアに、考える間もなく、ノルンは首をこくこく上下させていた。

（こんなドスケベロリ巨乳のメスガキ嫁、大歓迎に決まってるぅううううう！）

「うーれしぃ！」

ノルンが受け入れたことを歓喜して、飛びついてくるラビメア。

彼女の巨乳が、少年の顔を挟む。

（うほほっ、すっごい柔らかいっ！）

豊満な感触を顔面で味わい、変な声が出そうになった。

いつまでもこうしていたいが、すでに我慢の限界を迎えかけている息子がいる。

「あ、おにーさん。やっぱりおちんちんおーきくしてる……もっとあたしのパンツ見たい？　エッチなことも、してもいいよ？」

ラビメアが下着を見せつけながら、そんなことを言ってくれる。

無論、ノルンが断るはずがなかった。

そのまま周囲から隠れてジッパーをおろし、膨張した男根を外気に当てる。

度重なる挑発に我慢できず、そのままペニスを握り、ラビメアを膝に乗せた状態でオナニーをしていた。

「あたしの下着ですごく大きくなってるねっ」

「――うぅっ……え、エロすぎるよぉ……」

かわいい女の子の体温が伝わってくるだけでも興奮するのに、あろうことかラビメアは自らをオカズとして提供してくれている。

むっちりした白い太ももと、縞々のショーツを惜しげもなく晒《さら》すラビメアは、好奇と嗜虐《しぎゃく》を混ぜた視線でノルンの男根を見ている。

「おにーさんがロリコンでよかったぁ」

くすくす、と小さく笑う姿はどこか小悪魔的で、身近にいるミーシアやチセとはまったく違うタイプの女の子だった。

(はぁ、はぁ……真昼間の公園で、ラビメアのパンツを見ながらシコるの、すっげー興奮する!)

セックスとはまた違う感覚で昂ってしまうノルン。

直接手出しはしていないが、年下の少女にスカートを捲らせてオカズにするのは、なかなかに背徳感がある。

そして、ノルンにとってこの背徳感こそが心地よかった。

「あっ、ううっ、ラビメアっ!」

陰茎はすでに先走り汁で濡れている。

それを潤滑油にして、少年の扱く手の勢いが増していった。

「うわぁ……すっごいっ」

痛いほど硬くなった男根を扱くよりも、ときどきラビメアから発せられる小悪魔的な声のほうが興奮する。

彼女は挑発するようにスカートの端をひらひら揺らし、ノルンの膝の上で肉付きのいいお尻を振ってくれた。

その都度、ショーツが食い込み、様々な形を見せてくれるため、少年の興奮は高まりっぱなしだ。

そもそも、女の子に男根を凝視されながらオナニーすること自体が、背徳的で興奮するのだ。

セックスとはまた違った快感が間違いなくあった。

「おちんちんそんなにシコシコして、痛くないのぉ？」

「……っ、かわいい女の子のパンツ見ながらだと、きもちいいよっ！」

先走り汁を指に絡めて、陰茎をにちゃにちゃと音を立てて擦り続ける。

むせ返りそうな雄の香りが、広がるのがわかった。

「ふふっ、おちんちんの匂い……ここまで届いてるぅ。おにーさん、興奮しすぎじゃないのぉ？」

「ラビメアがエッチだからだよ！」

「ふぅん……じゃあ」

なにかを思いついたラビメアは、指をショーツに掛け横にずらした。

「――っ！」

少女の汚れを知らない割れ目が露出する。

「こっち見せたら、もっと興奮して気持ちよくなっちゃう？」

「あぁぁぁっ！　見えたぁぁっ！」

「んふっ、おにーさん、声おおきっ、遊んでる女の子たちに見つかっちゃうよ?」

「っ、でもっ、ラビメアっ、もうっ、ボク!」

ラビメアの甘ったるい声が、スパイスとなってノルンを刺激する。

ペニスを扱く手の勢いが強くなり、射精感がぐいぐいと込み上げてきた。

少年の視界には、ラビメアの淡い色の割れ目がはっきりと見える。

ノルンに秘部を見せつけている少女もまた、現状に興奮を覚えているのだろう。

愛蜜によって、秘所周りが濡れているのがわかった。

「おにーさんったら、外で、ハラハラしながらオナニーしてるのに、おちんちんビクビクさせて……変態なのぉ?」

「くっ、そんなこと言われたらっ、ああっ、もうっ!」

度重なる少女の挑発に我慢できなくなったノルンの亀頭の先端から、大量の精が放出される。

――びゅくっ! びゅるるるっ! びゅるるるるるっっ!

「はぁっ! はぁっ、はぁっ……出ちゃった」

「あはっ、でたぁ! おにーさんのあっつーいっ」

ノルンの解き放った精子は、ラビメアのショーツと割れ目を容赦なく汚した。

しかし、少女は嫌な顔ひとつ浮かべず、それどころか嬉しそうに顔を緩めている。

ラビメアは、未だ硬くなったままの陰茎に目を落とすと、ぺろり、と唇を舐めてからノルンの手を取った。

「どうするぅ？」

意味ありげな少女の言葉の意味をしっかり読み取ったノルンは、早々に立ち上がり、ラビメアの手を引いていく。

「こ、こっちきて」

「あんっ」

強引にベンチの裏手にある木陰に連れ込まれたラビメアだが、一切の抵抗をしなかった。

ノルンはそれを合意と受け取り、彼女の身体を木に押し付けて唇を奪う。

「——んっ、んんっ、ちゅっ、ちゅうっ」

啄《ついば》むような優しいキスから、すぐに舌を絡める強いキスへと変化する。

さらに、それだけでは飽き足らず、小柄な身体に不釣り合いな巨乳を両手で揉みしだく。

「——んんんっ、んっ、んちゅっ、ちゅうっ、ちゅるっ」

ラビメアの熱く甘い唾液を貪るように、舌を絡め、吸い付くと、濃厚な甘い唾液の味が、ノルンの口いっぱいに広がっていく。

「んっ、んーっ！　あっ、はぁっ……んちゅっ、んーっ、はぁっ……はぁっ」

息継ぎさえする間も与えず、ノルンは少女の口内を蹂躙する。

その一方で、弾力のある乳房を揉むのも忘れない。

（ラビメアのおっぱい……大きくて、柔らかくてっ）

少し力を込めるだけで、服越しに指が胸に埋没していく感触もたまらない。

飽きることのない感触に、ノルンは夢中になってしまう。

舌では、少女の口内を味わい。

手では、たわわに発達した乳房を揉みしだく。

（——これ、やばっ、最高すぎる！）

口も手も、幸福感に包まれるノルンは、身を震わせてラビメアを求め続ける。

少女も負けていない。

ラビメアがノルンの首に手を回し、お返しとばかりに舌を動かしてくる。

唾液を交換し、嚥下する。

ときには、自らの唾液を少年に与え、飲ませようとしてくるのだ。

甘酸っぱい味が口内に広がり、幸福感に包まれる。

（——女の子ってどうしてこんな甘いんだろう……それに、めちゃくちゃいい匂いもする）

積極的なラビメアに、ノルンの逸物はさらなる硬さを覚えてしまう。

ズボン越しにそそり立った陰茎を、少女のお腹に押し付ける。

「ぷはっ……もー……おにーさん必死すぎぃ」

銀糸を唇から引きながら、とろんとした瞳でラビメアがノルンを見つめる。

彼女も興奮しているのだろう。

顔は真っ赤になり、呼吸も荒い。額には、うっすらと汗も浮かんでいるのが見て取れた。

「キスしててもおっぱいばっかり触ってるよぉ。そんなに触りたかったの？」

少女から向けられる視線は責めるものではない。

にぃっ、と唇端を上げ、どこか挑発するような笑みだった。

そして、少女の瞳には期待が浮かんでいるように見えた。

「……ち、小さい女の子がこんなおっきいおっぱいとか……け、けしからん！」

「くすくす……ふーん。けしからんおっぱいを、おにーさんはどうしたいのぉ？」

誘惑するような口調のラビメアに、ノルンは興奮を隠せず素直に言った。

「はぁはぁ……舐めたい……ラビメアのおっぱい舐めたい……」

「ふふっ。はいどうぞっ、おにーさん！」

ラビメアは、ノルンの欲望に嫌な顔をすることなく、むしろ嬉しそうに胸元を広げた。

ぷるんっ。

次の瞬間、小柄な少女とは不釣り合いな巨乳が胸元からこぼれ落ちる。

メロンのようなたわわな乳房と、ツンと尖ったピンク色の乳首が眩しい。

きめ細かい肌が汗でてかり、ノルンの鼻腔に甘さと塩っけのある匂いが伝わってくる。

（うわぁーっ、ラビメアのおっぱいっ！　おっきいぃ！）

ずっと求めていた少女の巨乳を目の当たりにして、我慢ができなくなったノルンは、勢いに任せて彼女の乳首に吸い付いた。

「んんっ……おっぱう……おいしいぃ……はむっ」

「ぴぃっ……やんっ……おにーさんっ！　……すごいっ、エッチな舐め方ぁ……」

ちゅぱちゅぱ、と音を立てて、赤ちゃんのように乳を吸い続けるノルンに、ラビメアが顔を赤らめる。

こりっとした感触が唇に心地よかった。いつまでも吸い付いていたくなる、ちょうどいい具合だ。

「ああっっ！　ああんっ！」

しかし、嫌がりはしていない。

むしろ、気持ちよさそうに、身を捩っている。

（こんなロリ巨乳は反則だろ……けしからん！）

少女が拒まないのをいいことに、ノルンの行為はエスカレートしていく。

左側の乳首を、転がすように舐めながら、もう片方の乳首は指でくりくりと弄り始めた。

両方の乳首をいたずらされるラビメアの口から、切ない吐息が漏れてくる。

「ちゅうぅうっ、ぢゅぅううぅっ」

「あひぃ……やらしいぃ音っ……だめぇ……んぁぁっ、ああああっ⁉」

吸い付く力を増していくと、少女の反応がより強くなっていく。

最初は気持ちよさそうに顔を赤らめて、身体をくねらせる程度だったが、今は違う。

大きく身体をのけ反らせて、膝を震わしていた。

「ぢゅぅううううっ、ぢゅるるるるるっ」

「あひぃっ⁉　んあはぁぁぁ……！　ちくびぃ、気持ちいいよぉっ！」

たぷんたぷん、と揺れる乳房を揉みながら乳首を吸って少女を喘がせるのは最高だった。

衣服の上から触ったのと比べると、想像を絶するほど柔らかく、手に吸い付いてくる肌の感じがいい。

彼女の乳首はどこか甘く、感じているせいで汗をかいているのか、塩っけも感じた。

両者が混ざり合い、絶妙な味がノルンに伝わり、いつまでも味わっていたくなる。

なによりも、打てば響くように気持ちよさそうに反応してくれるのだ。

男としてこれほど嬉しいことはない。

(この子……精液なしなのにすごく感じてる。ボクの精液舐めたら……どうなっちゃうんだ？)

ごくり、と唾を飲むノルン。

発情し、乱れたラビメアが見たかった。

欲望に耐えられず、ラビメアを発情させようとノルンは、ガチガチに硬くなった陰茎を少女に向かって突き出した。

するとと、少女が嬉しそうに笑った。

「あ、おにーさんのおちんちんだぁ」

ラビメアは自らの乳房を両手で持ち上げると、

「おっぱいで挟んであげるねぇ………えいっ」

そそり立つ陰茎を、大きな乳房で挟んでくれた。

(うわぁ、やわらか！)

男根から伝わってくる少女の柔らかさに、腰が抜けそうになる。

少女の体温、汗ばんだ肌の感触、すべてが心地いい。

「おにーさんのおちんちん、すごいあつーい！」

むにゅん、と挟んだ陰茎に乳房越しに力を加えられると、亀頭が擦れて刺激が走る。

少女はそのまま乳房を上下に動かし始めた。

「えいえいっ、えいっ……えいっ！」

どこかぎこちなさはあるものの、口とも膣とも違う感触は凄まじい快感を与えてくれる。

「うわっ、ラビメア……それ、いいっ！」

「うふふっ、おにーさんっ、ほらっ、おっきいおちんちんに……えいえいっ！」

にゅぽっ、にゅぽっ、にゅぽっ。

ノルンの先走り汁と、ラビメアの汗が混ざった卑猥な音が木霊する。

最初こそ、ぎこちなかったパイズリも、次第にリズミカルになっていく。

（あぁぁ……パイズリ……エロい……おっぱい気持ちい……）

小柄な体格に不釣り合いな巨乳を使った奉仕はたまらなく快感だった。

小さな少女に、それも野外で、膝立ちにさせて胸奉仕させているというシチュエーションも、興奮に一役買っている。

「んふふっ、おにーさん……おちんちん硬くして、もっときもちよくなりたいって顔してるー。じゃあ、こういうのはどう？」

「――へ？」

「いただきまーす……はむっ！」

パイズリを続けていたラビメアは、乳房からはみ出す亀頭に吸い付いた。

切ない刺激が、亀頭から脳天に走る。

「ぢゅるるるるっっ、ぢゅるうっ……」

「あぁっ……そんなぁっ、いきなりっ……く」

すっぽり亀頭を咥えた少女は、口を窄めて啜《すす》ってくる。

その吸引力は強めで、実に刺激的だ。

彼女の唾液が陰茎に絡み、滑りを帯びると、さらに快感が大きくなってくる。

「ぢゅるっ、ぢゅるるるるるぅっ！」

「うはぁぁぁ……気持ちよすぎるっ、あぁぁあっ！」

ノルンの身体が快感に抗えずに自然と跳ねる。

少女は口周りを唾液で濡らしながら、夢中で亀頭を舐め続けた。

（――ラビメアも発情しちゃったかな？）

ノルンの考えは間違っていない。

先走り汁を舐め取った少女は、確実に発情していた。

その証拠に、先ほどと比べ物にならないほど、顔を真っ赤にして呼吸を荒らげている。

瞳は潤み、唇が震えているのもよくわかった。

「にちゅっ、ちゅるっ、にちゅるっ……おにーさんのおちんちん美味しいっ」

蕩けきった瞳と、恍惚とした表情を浮かべたラビメアは、淫靡《いんび》でかわいらしかった。

（あ、間違いなく発情してる！）

「美味しいよぉ……もっとたくさんせーしだしてぇ」

嬉しそうに先走り汁を唾液の滴る舌先で舐め取るラビメア。

彼女の舌は、くちゅくちゅ、と夢中で亀頭の先端に集中する。

ノルンにとっても敏感な鈴口の先を責められるのは、最高だった。

少女はただフェラをするだけではなく、ちゃんと陰茎を挟んだ巨乳で上下に擦ってくれるのだ。

柔らかな肌が汗でじっとりと湿り、唾液が潤滑油となってペニスが滑っていく。

舐められ、擦られ、二重で気持ちがいい。

「ぢゅるううっ、にちゅっ、んちゅっ……はぁっ、んっ、おにーさんっ、おにーさんっ！」

「ラビメアっ、いいよ！　もっとして！」

「んちゅううっ、にちゅぅっ、ぢゅるるるるるっ、んっ、こう？　きもちいい？」

「うんっ、きもちいいっ、もっとっ、ラビメアぁ！」

「んぢゅるるるるるっ、ぢゅるっ、ちゅうぅぅぅぅ」

少女の唾液と、先走り汁が混ざり合った白濁液を、少女は美味しそうに啜った。

もっと欲しいとばかりに、亀頭に舌を這わし、カリ首まで丁寧に舐めて刺激してくる。

腰が抜けそうな快感が少年に走り、つい少女の口の中で陰茎が跳ねてしまう。

そんな暴れん坊をラビメアは乳房でしっかり捕まえると、叱るように挟んで擦ってきた。

少女の谷間も、唾液などでヌルヌルだ。

肌と汗で擦られるのも新しい刺激だったが、唾液を潤滑油にしたパイズリも気持ちよくてたまらなかった。

「――んっ、くっ、ああっ、それぇっ、すごいよぉ！」

「ぢゅるうっ、ちゅるうううううっっ、んぢゅるううっ」

わずかな時間にパイズリフェラが上手になった少女の奉仕に、射精感がうずうずと込み上げてきた。

少女の口と胸を汚したいと、欲望が跳ねる。

「あんっ、おにーさん……おちんちん、おっきな暴れん坊……お仕置きしちゃうからね……あむっ、ちゅるるるうるっっ」

「あああっ、んぁっ、ら、ラビメアっ、そんなっ、強くされたらぁ！」

今まで以上の吸引力で、亀頭を吸い上げられてしまったノルンが情けない声を出した。

膝はガクガクと震え、もういつ射精感が解き放たれてもおかしくない。

「あぁっ、あっ……出るっ、もう出ちゃうよぉおおおおっ！」

「出しちゃえっ、出しちゃえっ！」

限界だと訴えるノルンに、ラビメアは射精を促すように舌を動かした。

それが引き金となり、ついに少年の我慢の壁が崩れ落ちた。

「んぁぁぁぁぁぁっ！　出るゅぅうううううううっ！」

――どくんっ、どくっ、どくっ、どくぅんっ！

「――わっ、んっ……んんっ……熱いっっ」

陰茎を胸で挟んだ状態で射精されたラビメアは、谷間はもちろん、唇と顔で大量の精を

受けることとなった。

少女の顔を、熱が襲う。

「あっ……はぁっ……んっ……」

陰茎を脈打たせながら、射精の余韻を味わうノルン。

「ん……んーっ、んむ、んく」

そんな少年の亀頭から、精子を舐め取り、くちゅくちゅと味わい始めたラビメア。

（──っ、ボクの精子をあんなに……エロすぎるよ、ラビメア！）

「ふーっ、んっ、ごっくん」

味わっていた精液をすべて嚥下した少女は、蕩けた笑みを浮かべた。

「おにーさんのどろどろせーし……たっくさん出たねぇ」

瞳にハートマークを浮かべているのではないかと錯覚するほど、ラビメアは興奮していた。

はぁはぁっ、と息を荒らげ、未だ硬いノルンの男根を食い入るように見つめている。

「でもぉ……これで終わりじゃないよね？」

（──それって、つまり）

ノルンの股間が期待でさらに硬さを増す。

ラビメアは、乳房を丸出しにしたまま、スカートを捲し上げて、ショーツをずらして自らの膣口に指を這わせていた。

くちゃくちゃ、と卑猥な水音を響かせて、誘惑するように見せつけてくる。

「ここにぃ……おにーさんのおちんちん、入れてくれるでしょぉ？」

少女の割れ目は、ノルンの目にもはっきりと濡れているのがわかった。

彼女が指でかき回す度、聴き心地のいい水音が鳴り、糸が引いている。

秘部だけじゃない。

乳首も興奮から突起し、小刻みに震えている。

蒸気した肌は熟れた桃のようで、実に美味しそうだ。

ごくり、と少年が唾を飲む。

(ダメだ、この子……エロすぎる。無茶苦茶犯したい！)

硬い陰茎がぐんっ、とさらなる高まりを見せた。

ラビメアの準備は出来上がっている。瞳は潤み、顔は真っ赤だ。火照った肌も赤く、身体を小刻みに震わせている。

ノルンの準備も完璧だ。これでもかとペニスが勃起していてはち切れそうだった。なら、すべきことはひとつしかない。

ノルンは、一歩前に出て、亀頭を少女の愛蜜に塗れた膣口に当てた。

にゅるり、と竿先に蜜が絡まっているのを確認すると、そのまま腰を前へと突き出した。

「あ……あはっ！　おにーさんのおちんちん……んっ、入ってきたぁ！」

自らの秘部を広げて、少年の逸物を受け入れる少女は、挿入と同時に背筋をぞくぞくと震わせていく。

「あははぁっ！　はぁっっ！　おにーさんのっ、おちんちんっ、おっきぃ！」

亀頭が少女の濡れた膣肉をかき分けて、奥へと進んでいく。

蜜に塗れた少女の膣壁はぐにぐにと柔らかく、心地よかった。

あっという間に、膣奥まで埋没してしまった男根は、伝わってくる熱と感触を味わいながら気持ちよさげに震える。

「あっ、あっ……しゅごい……きもちいいよぉぉ……あっ、んっ……しゅごい……はっ、ふぅっ、あんっ……セックス……しゅごぃぃ……」

陰茎を下腹部の奥まで飲み込んだ少女は、初めて味わうセックスの快感に酔いしれていた。

だが、まだセックスは始まったばかりでしかない。

「ラビメア……動くね」

「――ひぃぁ!?」

一言断ってから、ノルンが腰を前後に振り始めた。

少女の膣壁を擦るように、亀頭が奥から入り口になぞるように動く。

挿入されただけで快感に震えていた少女は、膣内を男根が動く感触に、目を白黒させてしまっているようだ。

「あんっ、あああっ！　ひうっ、これっ、しゅごいぃ！」

ラビメアの喘ぎ声は大きく、公園で遊ぶ少女たちに聞こえてしまわないかと不安になる。

だが、それもノルンにはスパイスのひとつに思えた。

(さっきまでただの隣に住んでるかわいい女の子だったのに……公園の茂みでセックスとか……興奮が止まらないっ！)

いやらしい少女といい、シチュエーションといい、性に旺盛なノルンを燃えさせるには十分すぎた。

おかげで、腰の動きが激しくなってしまう。

ぱんっ、ぱんっ、ぱんっ！

リズミカルに、腰がたわわなラビメアのお尻を打つ音が響く。

それに合わせて、

「あんっ、ひっ……ああっ、おにーさんのっ、おちんちんっ、おっきぃのぉっ、んあっ、あぁっ！」

少女が嬌声をあげていく。

まるでひとつの音楽を奏でるように、少年と少女は重なり合った。

「ロリコンのおにーさんに、パンパンされてりゅぅぅっ！」

膝を持ち上げられ、木に背中を支えられながら、無抵抗に膣を貫かれる少女が興奮して言葉を発する。

「おちんちんれぇっ、パンパンされるのきもちぃよぉぉっっ！」

呂律《ろれつ》が回っていない少女の言葉も、ノルンを興奮させる要因となる。

「──っ、小さい女の子がパンパンとか言うなっ！　このエロ娘がぁぁっ！」

「ふぁぁぁぁぁぁぁっ⁉」

エッチな言葉を使ったラビメアに、お仕置きだとノルンの腰の動きが増す。

少女は激しくなった腰使いに驚きながらも、その身に走る刺激に戸惑い、大きな声をあげた。

「──っ、ああっ、ラビメアのおま○こもっ、おっぱいもっ、エロすぎるっ！」

腰の動きが止まらない。

しかし、ノルンはそれだけでは満足できない。

必死に腰を動かし、少女の膣肉を抉りながら、口で彼女の乳首を咥える。

「ちゅぅぅぅっ」

「ぴゃぁぁぁああぁっ⁉」

下から突き抜けてくる快感に促されるように、乳首に電気が走るような新しい刺激が加わり、ラビメアはびっくりしてしまったようだ。

だが、嫌がる素振りはまるでない。

むしろ、もっとしてほしいとばかりに期待を込めた瞳をしているのがわかった。

「あっ、ああっ、んっ、ひうっ、はぁっ、もっとっ、おにーさんっ、おちんちんっ、もっとぉ！」

「このエッチ娘め！」

ノルンは、ラビメアの乳首に吸い付いて引っ張った。

甘い悲鳴が響き、口から少女の乳首が外れてしまう。

もっと乳首を味わっていたかった少年は残念そうな顔をするも、ラビメアと目が合った。

彼女がなにを求めているのかわかり、唇を重ねる。

啄むような口づけを一度だけすると、口内に舌を突っ込んで蹂躙するような乱暴なキスをした。

「――んんんっ、んぢゅっ、ちゅるるるっ、んむぅぅぅ」

抵抗などもちろんない。

むしろ、望むところだとばかりに少女は口の中を貪られることを喜んでいる。

少年は、少女が望むように、舌を絡め、歯茎を味わいながら、必死に腰を動かしていく。

「んっ、ちゅうっ、ちゅるるう……んむっ、あむぅ！」

甘酸っぱい唾液を啜りながら、ラビメアの片足を持ち上げて、腰をしっかりと少女の脚の付け根に固定する。

彼女が倒れないよう、左手を腰に回し柔らかいお尻を鷲掴《わしづか》みにした。

少女も同じく、エッチに集中できるよう少年の首に腕を回して力を入れる。

おかげで体勢は安定し、少女と唾液を交換しながら、たわわな胸と尻を揉み、膣を味わうことができるようになった。

ノルンにとって、ラビメアのすべてを味わえる状況に大満足して彼女を求めていく。

（——あぁ……身体はこんなに小さいのに、おっぱいも、お尻も、大きいなんて……存在すべてがいやらしすぎるっ！）

全身で少女の至る所を味わうノルンの興奮は留まるところを知らない。

興奮すればするほど、彼女を求めるように腰が激しくなり、陰茎が膣内を狂おしく責め立てていく。

少女も蜜を結合部から噴き出して悦んでいる。

「あむ……ぢゅるっ……おにーさんのおちんちんっ、あっ、しゅごいぃよぉっ！　しゅごいのぉ！」

ラビメアの口周りから首にかけて、交換しきれなかった唾液でぐちゃぐちゃだ。

涙さえ浮かべている少女は、いやらしくもかわいらしい。

腰を動かせば、蜜が割れ目からこれでもかと溢れ出てくる。

少女の足を愛蜜が伝うのはもちろん、少年の股間周りまで蜜が塗れていた。

「ラビメア……今度はこっちにお尻を向けて？」

「――っ、ああっ、ふぅ………え？　こ、こう？」

木に手をついて、素直に大きなお尻を向けてくるラビメア。

つ、と割れ目から蜜が糸を引いているのがいやらしく映る。

「じゃあ、入れるね！」

美味しそうな後ろ姿を見せられたノルンは、セックスを再開させたいとばかりに少女に伸し掛かるように挿入した。

「――あへっ、おにーさんっ！　おにーさんっ、あぁっ、あああっ！　おちんちんっ、さっきよりぃっ、激しいぃぃっ！」

ぱんっ、ぱんっ、ぱんっ、ぱんっ。

背後からラビメアを力強く抱きしめて、腰を打ち付ける。

乳房を握り潰さんと、揉みしだきながら、肉付きのいい身体を弄り味わう。

「はへぇっ！　ふぁぁっ！　そんな……激しくしたらぁ！　おほぉっ……はうっ……へぇっ、あっ！　あっ、あっ！　深いっ、ふかぃぃっ……はっ、ふぅぅっ、んっ、くっ、いっ、いくぅっ！」

荒々しいノルンの腰使いに、今までとは違う快感を得たラビメアは、あっという間に絶頂に届いた。

大きく身体を震わせながら、周囲に響いてしまうほど大きな声を出す。

「いくうううぅぅぅぅぅうぅっっ！　いううぅぅぅぅぅぅぅうっ！」

びくんっ、びくんっ。

ノルンが絶頂に達するよりも先に、割れ目から蜜を撒き散らして絶頂を迎えるラビメア。

身を硬《こわば》らせる少女に挿入していたノルンは、急な締め付けに同じように込み上げてくる射精感を耐えることができなかった。

「すごい！　膣内が締め付けて……！　あぁぁぁっ、ボクもぉ、出るぅぅぅ！」

——びゅくっ！　びゅるるるるるるっ！

ラビメアの子宮に、ノルンは大量の精子を注いだ。

陰茎は心地よさのせいで、何度も跳ね、尿道に残っていた精液さえもすべて少女に注ぎ込む。

「——あぁっ、あついっっ、はぁあああん！」

腰の抜けそうな勢いのある射精に、小柄な少女を力強く抱きしめた。

「——おにーさんのせーし……熱いぃ……あたしの中に……出されちゃったぁぁ……」

下腹部でノルンの精を受け止めながら、ラビメアは絶頂の余韻を味わうように震える。

涙とよだれで顔をぐちゃぐちゃにしながら、少年の腕の中で何度も痙攣するのだった。

◆

長い射精の余韻を味わっていたノルンは、同じく意識をどこかに飛ばしているラビメアに声をかけようとする。

「ねえ――」

だが、ガサガサと近くの茂みをかき分けてくる少女たちの声に、ハッとする。

それはラビメアも同じだったようで、飛ばしていた意識を取り戻すと、慌てたようにノルンを見た。

子供たちがふたりのところまで来ることはなかったが、焦ったのは間違いない。

顔を合わせていたノルンとラビメアは、揃って苦笑した。

「あははは……ちょっと、ここ落ち着かないね」

魔法を使えるようになったチセのおかげで、ノルンも認識阻害の魔法ならなんとか覚えている。

だが、さすがに魔法が使用できることを開けっぴろげにしてもいいものかと悩んでしまった。

そんなノルンの心中を知る由もないラビメアではあるが、彼女は、くすっ、となにかを思い出したように微笑んだ。

「それならいいところ、知ってるよっ」

身嗜《みだしな》みを整えたノルンは、ラビメアに手を引かれて、公園の近くにある建物に連れていかれるのだった。

◆

「ここは一体……？」

ラビメアに導かれるまま足を運んだ建物の一室。家具は大型のダブルベッドとソファしか置かれていない、簡素な造りの下宿だった。

（——えっと、ここはなんなんだろう？　というか、勝手に入っちゃっていいのかな？）

「おにーさん知らなかったの？」

「へ？」

「ここは、街中で発情日がきちゃった雄のために用意されている子作り部屋だよっ」

「——子作り部屋!?」

（えっと、つまりラブホテルみたいなものかな？）

「えへへ……ここでなら誰にも邪魔されずに好きなだけ子作りできるよ！」

すでに全裸となった少女が誘うようにベッドにあがり、こちらへ潤んだ瞳を向けてきた。

先ほどまでも散々味わっていたが、小さな体形のくせにメロンのようにたわわな乳房は、相変わらず大きく柔らかそうだ。

お腹周りも、太ももも、決して太っているわけではないが肉付きがよく、実に美味しそうだ。

そんな少女がベッドの上で誘っているのだ。

ここまでされて、冷静でいられるほど、ノルンは我慢強くない。

先程射精したばかりではあるが、まだ満足しきっていない逸物が硬くなっていく感覚があった。

「あはっ、おにーさんのおちんちん、おっきくなってる！」

嬉しそうに、楽しそうに、ラビメアが言う。

彼女の視線は、ズボン越しに腫れ上がった少年の股間に集中していた。

「ここなら、声もたくさん出せるし、我慢しなくていいんだよ？」

女の子にここまで言われて、いつまでも待たせておくほどノルンも無粋ではない。

急《せ》くように全裸になると、少女が待つベッドへ飛び込むのだった。

◆

ノルンとラビメアは、貪るようにお互いを求め合った。

野外と違って、声を抑える必要も、周囲に遠慮する必要もない。

ただ、欲望をぶつけ合うことだけを考えていればいい。

それが、子作り部屋なのだから。

「んっ、んふっ……はぁっ、ちゅるっ、んんっ」

ノルンの腰の上に、ラビメアが跨《また》がる形で、ふたりは結合していた。

すでに発情し合っているふたりは、貪欲に腰を動かし、唇を重ねている。

舌を執拗に絡ませ、口周りが汚れることなど気にせず唾液を飲ませ合い続けた。

「――んぅっ、ああんっ、おにーさん好きぃ！」

少女の愛の告白を受けながら、ノルンは腰を縦に動かし続ける。

ラビメアの身体をしっかりと抱きしめながらのセックスだが、小柄な彼女は羽のように軽かった。

「ちゅっ、んっ、ちゅうっ……んあっ、キスしながらするの幸せぇ」

顔を赤くして、とろんとした瞳で見つめてくる少女は愛らしかった。

幸福を感じているせいか、ノルンが彼女の膣を突き上げる度に、大量の蜜が噴き出しているのがわかった。

おかげでノルンの腰はもちろん、シーツまで愛蜜でベトベトだ。

「――ちゅうっ、んっ、ちゅるっ……あんっ、きもち……おにーさんと……ずっと……繋がっていたいなぁ」

キスとキスの合間に胸の中《うち》を伝えてくる少女に、ノルンはときめいてしまう。

（――くっ。エロキャラとのギャップでかわいい……。ミーシアともチセとも違う、身体の柔らかさと、エロい反応がよすぎるっ！）

積極的にノルンを誘惑し、求めてきたラビメアだったが、今はまるで一途《いちず》に慕ってくれる少女のようだ。

それでいて当初からノルンに強い印象を与えたいやらしさが健在なのだからたまらない。

その違いがノルンの心を刺激し、彼女に挿入されている陰茎に硬さと熱を与えていく。

「――ちゅぅううううっ」

「――っっ」

舌を吸い取られてしまいそうな、強いキスをされたノルンは、そのままベッドに仰向けとなる。

ラビメアと攻守が変わった。

今までは、ノルンが小さな身体の少女を抱きしめて、下から丁寧に突き上げていたのだが、今は少年の腰の上に跨がった少女が、貪欲に腰を動かし始める。

「——あっ！　はぁっ！　おにーさんっ、おにーさんっっ！　すきぃっ、すきっ！」

ギシッギシッ、ギシッ、とベッドを軋ませてラビメアが動く。

少女の動きに合わせて、ノルンも腰を突くようにすると、亀頭に痺《しび》れるような甘い刺激が走ってくる。

少女の膣奥に刺さった陰茎は、確実に彼女に快感を与えている。

よだれを垂らし、瞳に大粒の涙を浮かべるラビメアは、快楽を全身で味わっているのだとわかった。

たわわな巨乳を、ぶるんぶるんっ、と揺らしている姿は、ミーシアやチセでは真似できないだろう。

ノルンは少女が気持ちよくなっていることに気をよくすると、彼女に負けずと、なお腰の動きを強くする。

「——はっ、はへぇっ！　ああああっ、んんふっっ、ひうぅぅぅっ……ははぁっ」

少年から丸見えの結合部から、男根が出たり入ったりしているのがよく見えた。

陰茎は少女の愛蜜で塗れ、テラテラと濡れている。

いや、陰茎だけじゃない。

ノルンの股間周りはもちろん、腰までが、少女が噴き出す蜜で濡らされていく。

どれだけ感じているのか、と疑問になるほど、少女から愛蜜が流れ出るのが止まらなかった。

「……こんな小さいのにセックスが好きだなんて……本当にエッチな子だね。ちんこ大好きになっちゃった？」

「──あんっ、あっ、はへぇっ……ああんっ、好き……好きぃ！　おにーさんもぉっ、おちんちんも好きぃ！」

少年の問いに素直に答えたラビメアに、ご褒美とばかりに揺れる乳房を鷲掴みにする。

「──んあっ」

むにゅん、と柔らかい感触が伝わると同時に、少女の膣が締まったのが陰茎越しにわかる。

「んんっ……んっ！　はひひひぃぃぃぃっっ！」

ぎゅうぅ、と男根をこれでもかと締め付けてくる膣肉に負けんと、ノルンは少女を抉るように腰を突き動かした。

ふたりの動くタイミングが合い、ラビメアの一番深いところに亀頭が届く。

「はひひいいいいぃぃぃいんっ！」

動物のような悲鳴を少女があげる。

少年の亀頭に、少女の子宮口が当たった。

女の子にとって最重要の小部屋を、少年は容赦なくノックする。

「あぁっ！　おにーさんのぉぉ！　しゅごぃいいっ、きもちぃいぃいっ！」

呂律が回らなくなったラビメアが、よだれを垂らして嬌声をあげ続ける。

髪を振り乱しながら、下からノルンに突き上げられて悦びを露わにしている。

少年の責めは止まらない。

「──あっ！　はうぅっ、あっ……ひあっ！　んあぁあぁあっ！」

焦点が合わなくなるほど快感を与えられている少女は、狂おしいほどに声をあげ、身体をくねらせる。

少年がひと突きするごとに、大きく身体をのけ反らせて、乳房を揺らす。

「──うぅ、ラビメアっ、それ！」

無意識なのか、それとも意識してなのか、少女は少年の精を求めるように自らの腰を、少年の腰に押し付ける。

「うあっ、ぐりぐりっ、だめぇ！　らめぇ！　らめなのぉ！　ふかいっ、ふかいよっぉ！」

少女の膣壁が陰茎をキツく締め付け、精を絞り取ろうとぐにぐにと刺激を与えてくる。

度重なる快感に、ノルンの射精感が解放されてしまう。

「──出るうぅ！　出ちゃうよ、ラビメアぁ！」

「ぁあああああああああああああっっ！」

――っぴゅくっ、ぴゅるるるるるうっ！

少年の精が、ラビメアの子宮に大量に吐き出されていく。

下腹部で精子を受け止めた少女は、嬉しそうに身体を震わせて絶頂を迎えたようだった。

「はーっ、はーっっ……お腹……たぷたぷ……熱くて、火傷しちゃうよぉ」

お腹を愛しげに撫でるラビメアは、かわいらしくもあり、いやらしくもある。

小さい少女なのにどこか妖艶さを感じさせる姿に、少年はギャップと興奮を覚えた。

「おにーさんったら、さっき三回も出したのに、まだこんないっぱい……すごぉい……」

うっとりとした声で少年の留まるところを知らない射精に感心している少女は、艶のある瞳を向けると、

「もっとできるよねぇ？」

続きを求めるように腰を動かし始めた。

「――っ、ああっ、ラビメア！」

完全に発情しきっている少女の身体は、ものすごく心地いい。

膣は蜜塗れで蕩けきっており、膣壁もまるで意思を持ったようにぐにぐにと動いてノルンのペニスを刺激してくる。

柔らかい膣肉が陰茎を扱きながら、射精直後の敏感になっている亀頭を容赦なく刺激してくるため、少年も少女を求めたくなる。

（──まだ賢者タイムには早いね。もっとエッチしたい！）

ラビメアがそうであるように、ノルンもまだ完全に満足していない。

少年は少女から主導権を奪うように押し倒すと、背後から陰茎を挿入し直した。

「はぁあああああんっっ！」

なんの抵抗もなく陰茎を受け入れてくれた少女の膣は、とてつもなく柔らかくて具合がいい。

まるで少年専用といわんばかりの心地よさだ。

「ラビメアっ、ラビメアぁっ！」

「あっ……ひぃぃん！　おにーさんっ、おちんちんっ、おっきぃっ、おっきぃのぉ！　しゅごっ、しゅごいよぉぉ！」

突く度に揺れる大きなお尻を鷲掴みにして、少年は腰を打ち付けていく。

手加減などしない。

一切の容赦なく、少年自身が満足できるよう、発散できるようやや乱暴さを見せながら少女の膣を抉り続ける。

それでありながら、ラビメアは嫌な声をあげることはない。

むしろ、もっとしてとばかりに、胸を大きく揺らし、悦びの嬌声をあげる。

「またっ、また出すよ！」

「うんっ！　おにーさんのせーしちょうだいっ！　あたしの膣内にっ、せーしちょうだぁいぃぃぃ！」

「ラビメア！　ラビメア！」

「はぁ！　膣内っ、いっぱいにしてぇ！　おにーさんのっ、せーしでぇ！　いっぱいにしてぇぇ！」

じゅぶっ、じゅぶっ、じゅぶぅぅっ！

ラストスパートをかけた少年の腰が、激しく動く。

陰茎が少女の膣肉を抉り、擦り上げていく。

少女の身体を手繰《たぐ》り寄せ、唇を奪うと、込み上げてくる射精感に従い、さらに腰を突いた。

「あああああっ！　出るぅっ、出るよぉぉぉぉっ！」

「あたしもぉっ、あたしもぉっ、おにーさんのおちんちんっ、深いっ、ふかいのぉぉっ、んんっ、はぁっ、も、もうぅっ、イクっぅぅぅぅ！」

ふたりで求め合うように身体を押し付け合い、その瞬間が訪れた。

——どくんっ！　どくっ、どくぅっ！

ラビメアの膣内で、陰茎が大きく脈打った。

解き放たれた精は、少女の膣奥を容赦なく汚していく。

「あああっっ！　――っあああああああああっ！」

身体を大きく痙攣させて、少女も同じく絶頂に達した。

ふたりは揃って身体を震わせ、絶頂の余韻を味わい尽くすのだった。

◆

その後も、ノルンとラビメアは飽きることなく身体を重ね続けた。

何度、ノルンは少女の膣内に射精したのかわからない。

ラビメアも、絶頂した回数を覚えていられないほどだった。

汗と体液で身体をドロドロにしたふたりを止める者はこの場にいない。

どちらも相性のよい身体に、飽きることなどありえない。

王の器であるノルンの絶倫のおかげで、セックスは何度も繰り返された。

それは、ふたりの体力が失われるまで。

先に音をあげたのはラビメアだった。

「もうっ……おにーさんったら、激しすぎなんですけどぉ」

そのころには、ノルンも腰に疲労を覚え始めていた。

「体力と気力には自信があったのに……うぅ、でもすっきりしたなぁ！」

大量の精を放ち満足したノルンと、絶頂を繰り返し虚脱感を覚えたラビメアは、ようやくセックスを終えると、お互いに抱きしめ合って眠りにつくのだった。

そして、しばらくが経ち——。

目を覚ましたふたりは、ベッドで肩を寄せ合いながら会話していた。

「ラビメア……本当に第三夫人になってくれるんだよね？　でも、どうして突然？」

ノルンの疑問に、ラビメアが微笑んで答えてくれた。

「うん。あたしね……おにーさんと出会ったときから好きだったんだけど……」

「そうなの⁉」

「そうだよっ。でも、チセちゃんを第二夫人にしてたし、小さい子が好きなら、あたしにもワンチャンと思ってアタックしちゃったぁ！」

「……ああ、それで」

ノルンは急にラビメアが積極的に誘惑してきた理由に納得した。

でも、まさか自分のことをそんなに好いてくれていたとは思っていなかったのか、驚き以上に嬉しさが込み上げている。

「それにおにーさん王の器でしょ？　誘惑して発情してもらえば、成功確率アップ的な！」

「——えっ？　ど、どうしてボクが王の器だってことを知ってるの⁉」

まさか、ラビメアが自分が王の器だと知っていることに驚きを隠せないノルン。

そんな少年に少女が苦笑しながら説明してくれる。

「だって……あたしの部屋、おにーさん家に一番近い部屋だから、窓を開けてたらエッチな声が聞こえてくるし……」

「あ、あはははは、それは、その」

(やばい……油断しすぎてた……まさかお隣さんにエッチな声が筒抜けだったなんて)

後悔しても今さらだ。

とはいえ、ラビメアがノルンを王の器だと知ったとしても問題はなかった。

もともと彼女はそれを知る前にノルンに好意を抱いてくれていたのだから。

「それと……」

「ま、まだなにかあるの?」

色々驚かされてきたラビメアの発言だったため、ノルンが身構える。

すると、彼女はくすりり、と微笑んで、

「おにーさんも『転生者』でしょ?」

「――――も⁉」


とんでもない爆弾発言をしたのだった。

第四章

　子作り部屋でのピロートーク中に、ラビメアの口から『転生者』の単語が出てきたことに驚愕《きょうがく》し、大いに困惑したノルン。

　ダブルベッドの上で動揺していたが、なんとか落ち着きを取り戻して彼女に問いかけた。

「――つまり、ラビメアも転生者で、元の地球の記憶があるってこと？」

「うん。おにーさんと違って、小さいころからの記憶もしっかりあるよ」

　ノルンとラビメアの違いは大きかった。

　ノルンは、突然今のノルンとして転生したが、ラビメアの場合は幼いころから前世の記憶を取り戻し成長していったのだという。

　この違いがどのような理由で起きたのかわからない。

（きっと、小さいころに転生していたら混乱も少なかったし、もっとこの世界を満喫できたのかもしれないなぁ。あ、いや、今でも十分すぎるほど満喫しているけど）

　かわいい奥さんが三人もいるのだ。

　これで異世界生活を満喫していないと言ったら嘘になるし、バチが当たる。

「そっか……ちなみに前世はどんな感じだったの？　ボクは、その……」

ノルンは、ちょっと躊躇いを見せるも、同じ転生者に素直に告げた。

「ボクは冴えないオタクでさ……」

「あたしもオタク！」

「おおっ、一緒だね！」

転生仲間が、前世でも同じ趣味だったことにノルンは喜んだ。

「どんなことしてたの？」

「イラスト描いたり、宅コスレイヤーやってたよー」

「なるほど……だから縞パン穿いてたり、妙に聴きなれた単語がポンポンと……」

変な納得をしつつ頷いていると、はっと思いついた。

「あ、じゃあさ、珍しい服を売ってるお店って知らない？」

「ふふーん。おにーさん……コスエッチ用でしょ？　いいよ、まかせて。その代わり
――」

悪巧みをするときのように悪戯気な笑みを浮かべたラビメアは、蕩けたシロップのような甘い声で囁いた。

「あたしが第三夫人になったことを、しばらくミーシアちゃんとチセちゃんに秘密にしてほしいなー」

「え？　どうして？」

「そのほうがぁ……浮気しているみたいで、ドキドキするでしょ？」

実に、小悪魔的な答えが返ってきたのだった。

◆

ラビメアをお嫁さんにした次の日。

ノルンは自室のベッドの上でうきうきしながらふたりのお嫁さんたちを待っていた。

「ノルンおまたせ！」

しばらくすると、ミーシアとチセが部屋に入ってくる。

だが、寝巻き姿でも、普段着姿でもない。

ラビメアに用意してもらったノルンの趣味を反映したコスエッチ用の衣装だった。

「ミーシア、チセ、ばっちり！　よく似合ってるね！」

「これって水着？　でも……ニーソックスと手袋？」

「……うぅ、すごく薄くてピチピチですぅ。お尻もすごくギリギリ……」

ふたりが身に付けているのはハイレグの際どい水着である。

ミーシアは濃紺の水着だが全体的に生地が薄く、乳首どころかおへその形まで丸見えだった。

チセの方は薄い水色を基調とした脇腹あたりまでが白いデザインだが、彼女も同じく生地が透けて至る所の形が浮き出ていた。

両者とも、お尻まではっきり露出してしまうほどの際どいハイレグで、柔らかそうな桃尻がよく見えて、美味しそうだった。

そんな水着に、白い手袋とニーソックスを着用してもらっているので、フェチ感がとても強く感じる。

（いいぞぉ！　ハイレグエッチすぎるぅ！）

ノルンは感動していた。

こんなエッチな衣装を用意してくれたラビメアにも感謝しかないが、抵抗なく身につけて披露してくれたお嫁さんふたりにも感激だ。

ミーシアは、不思議そうに自分の格好を見回しているが、チセは恥ずかしいのだろう。尻尾を揺らしながら、もじもじと内股になっている。

ふたりとも、視線をさ迷わせたり、手で露出したお尻を隠そうと必死だ。

心なしか、顔も赤く、ノルンと目を合わせようとしない。

間違いなく、羞恥を覚えているようだった。

（いいねいいね！　恥じらうチセいいね！）

自然とテンションが上がってしまう。

それと同時に、股間も硬くなっていく。

地球で普通に生活していれば、まずお目にかかることのできない光景を、脳裏に必死に焼き付けながら、ふたりをベッドに誘う。

「それじゃあ、マッサージを始めるからふたりともうつ伏せになってくれる？」

「う、うん。お願いね、ノルン」

「は、はぃ……」

ふたりは、ベッドの上に並んでうつ伏せになる。

肉付きのいいミーシアは、ムチっとしたお尻を。

小柄なチセも、ぷりん、とかわいいお尻をこちらに向けてくれた。

(水着が食い込んだお尻がふたつ並ぶのエッロ！)

角度の鋭利なハイレグもいいが、少女たちの柔肌に食い込むニーソックスもたまらない。

痛いほど股間が硬くなっているノルンは、少女たちの水着をずらして挿入したくなる。

が、そこは我慢だ。

せっかく夢のようなシチュエーションなのだから、前戯もたっぷり楽しまなければもったいない。

「ミーシアからいくねー」

「うん。お願い」

ローションをたっぷりと掌に取り、ムチムチの太ももに手を伸ばす。

むにん、とつきたてのお餅のような柔らかな感触が指に伝わり、頬が緩んだ。

ノルンの指がミーシアの太ももに埋没し、ぬるりとした感触のローションをミーシアの太ももに丁寧に広げていく。

「ふぁぁ……ヌルヌルする液体って気持ちいい……」

太ももを丹念にマッサージするノルン。

押せば、押し戻してくるハリのある弾力を味わってはいるものの、今はまだエッチな意味合いはない。

まずはミーシアにローションマッサージが気持ちのいいものだと教えて、油断を誘うのだ。

「お隣のラビメアちゃんからもらった樹液だよ。美容にいいんだってさ」

太ももだけではなく、腰回りや、背中、肩までマッサージしていく。

露出したお尻はもちろん、肩や肩甲骨、腰回りもローション塗れになっていく。

「へー。そうなん——はひっ、にゃぁあああっ⁉」

ノルンの説明を聞いていたミーシアが、驚いた声をあげる。

その理由は、ノルンの指が太ももから足の付け根とお尻に向かったからだ。

「ひうっ、にゅあぁっ、ん、あっ」

水着の中に指が入るか入らないかのギリギリのラインを丹念になぞっていく。

ボリューミーな桃尻は実に柔らかく、手に心地いい。

ときに強く、ときに弱く、力加減を変えながら、ねちっこく揉んでいく。

「ふぅ、にゃぁぁっ、にゃあんっ」

揉み解《ほぐ》すようにたわわな尻肉を掴むと、ミーシアが切ない声を発した。

しかも、執拗にいやらしく繰り返すのだから、ミーシアへの刺激は強いはずだった。

マッサージではあるものの、狙っている場所が敏感な部分だ。

「はっ、はーっ、にゅあぁぁぁっ、んっっ、あぁっ」

下半身をローション塗れにしたノルンは、

「ミーシア。これは真面目なマッサージなんだから、そんな発情声を出しちゃダメだよ」

まるで、エッチなことなどしていませんとばかりに、真面目なフリをする。

(——なーんてね。ローションヌルテカ食い込みお尻とか、これだけでシコれるぞ)

心の中では卑猥なことしか考えていないが、純真なミーシアはノルンの言うことを信じたようだった。

「う……うん。ちょっとびっくりして声が出ちゃった。——ふぁっ」

会話の間も、ノルンはマッサージを止めない。

少女の肌を味わっていたいし、彼女を感じさせたい。

そんな欲望が、彼の手を動かし続けさせるのだ。

(さて、もっと深いところに手を伸ばしちゃおうかな)

ローション塗れのお尻を撫でながら、ハイレグの中に少しだけ指を入れてみた。

「にゃぁあんっ！」

ぬちゃぬちゃという卑猥な水音が響く中、少女の感じる証拠が耳に届く。

「──っ、はぁっんっ……にゃぁぁあっ……」

(ミーシア……気持ちよさそう……声我慢できないのがかわいいなぁ)

「んっ、ふ──っ、にゃぁっ、はぁ……んっ、んあっ……っ」

ミーシアの隣では、彼女以上に真っ赤な顔をしてマッサージされている姿を見ているチセがいた。

「……はわわわぁ」

この後、自分もこんなことをされてしまうのかと考えているのが、手に取るようにわかる。

半分不安、半分期待といった感じだろうか。

チセはマッサージに喘ぐミーシアから目を逸らそうとしない。

そんな幼なじみの視線を感じているミーシアは、口元を枕で隠して必死に声を漏らさないようにしていた。

「──んっ、ふ……ふぅ、はっ、ん……んっ、んんっ」

ノルンが真面目なマッサージと言ったのだから、いくら気持ちがいいとはいえはしたない声を出してしまうことに気が咎《とが》めていたのだ。

なによりも、チセの視線がある。

「……ふっ、ふうっ、んっ、はぁんっ……ん……んんっ」

いやらしい声を出してしまう度に、彼女が驚いているのがわかるため、ミーシアの羞恥は大きくなっていた。

「んっ──ふぅっ……ふーっ」

必死に声を堪えようとするミーシアだが、そんな少女の我慢はもちろんノルンにもしっかり伝わっていた。

(ミーシア、我慢しちゃってかわいいなぁ。身体をぷるぷる震わせて、必死に声を殺して……めっちゃ勃起するっ)

ハイレグ水着とニーソックス、手袋を装着して、ローションマッサージで感じてしまう猫耳美少女ミーシア。

彼女の艶姿《あですがた》は、それだけで興奮を誘う。

そこに気持ちよさそうな声が漏れるのだ。マッサージをして彼女の肌に触れているノルンには毒が強すぎた。

もうノルンのペニスは、はち切れそうなほど勃起している。下手をすれば、ズボンの刺激だけで暴発しそうなほどだ。

先走り汁がパンツを濡らしている感触もあり、自身がものすごく興奮している自覚があった。

(ホント、いい尻だなぁ……やらしいなぁ……もうシコっちゃお)

これ以上、ミーシアをマッサージしながら、自分だけ我慢しているのは難しかった。

少女にバレないように片手で逸物を取り出すと、ローションを陰茎に塗りたくりシコり始める。

片手で男根を扱き、もう片方の手でミーシアのお尻を揉んでいく。

「――んっ、はぁっ、んっ、んんっ、あぁっにゃぁ」

はぁはぁ、と息を切らせながら、ノルンは陰茎を弄ぶ。

「……………だめぇ……気持ちよすぎて、声が我慢できないぃ……」

すでに発情しているミーシアは最高のオカズだが、もっと刺激が欲しくて彼女の水着の股間部分を引っ張り、割れ目に食い込ませる。

「――にゃぁっ!?」

キュッ、と秘部に水着が食い込んだ刺激に、ミーシアが驚きと切なさを混ぜた声を発した。

身体を小刻みに震わせ、呼吸が荒くなっているのが背後からでもよくわかる。

時折マッサージの気持ちよさに我慢できず、身を捩る仕草もたまらない。

なにかを呟いているが、おそらく心の声が喘ぎ声と一緒に漏れているのだろう。それが聞こえないのが残念でならない。

そんなミーシアをオカズにして、ノルンはローション塗れになった陰茎を扱き続ける。

「にゃぁっ……あっ……あんっ……ん……にゃあぁ…………もっと……もっと……直接触ってほしいよぉ……」

お尻を揉まれているだけでは物足りないのだろう。

ミーシアは、むっちりしたお尻を誘惑するように左右に振り始めた。

まるで直接触ってほしいと言いたいばかりに、興奮を誘うように振り続ける。

(はぁ……ミーシアのお尻、触る度にビクビクしてすごくエッチだなぁ)

水着が食い込んだお尻から、割れ目がはみ出している。

ミーシアも気づいているだろう。

しかし、なにも言わない。

「ふーっ、ふーっ、んっ、にゃぁっ、んっ、はぁんっ」

むしろ、そんな秘部を見せつけるように、お尻を振っているのだ。

「んっ、はぁっ、はあんっ、んっ、んにゃぁっ」

彼女がノルンにマッサージを超えたエッチなことをされたいのだと、手に取るようにわかった。

「はっ、ん……はぁっ、んっ、あっ、ああっ、はぁ、はぁ……」

だが、ノルンは彼女に直接手を出すことを我慢して、あくまでもマッサージとオナニーだけに止めることにした。

ミーシアが切なそうにマッサージに喘ぐ姿が見たいのだ。

（——っ、でも、そろそろボクも限界っ——イクっ！）

お嫁さんのお尻をオカズに扱き続けていた少年が限界を迎えた。

ラストスパートとばかりにローション塗れの手で激しく陰茎を扱くと、火照って真っ赤になったミーシアのお尻に狙いを定め、一気に欲望を放出させた。

——びゅくっ、びゅくっっ！

竿先から勢いよく精が放たれる。

飛んだ白濁液は、ミーシアのお尻と水着を容赦なく汚した。

「——ひあっ、な、なんだか、熱いよぉ？」

「き、気のせいだよ！　マッサージのせいで火照っちゃったんじゃないかな？」

（……バレないようにローションに混ぜておこう）

内心ドキドキしながら、ノルンはミーシアの身体中に張り付くローションに精子を混ぜ、塗りたくっていく。

「ふぁぁぁぁっ……にゃあんっ」

ノルンは、にやりと笑った。

(――これで精子の匂いでふたりが発情するはず)

実際、すでにミーシアから手を離しているにもかかわらず、彼女は敏感に震えている。

マッサージのせいで発情していただろうが、さらにノルンの精液の匂いで発情が強くなったと思われる。

「よし。いったん、ミーシアは休憩ね」

「はーっ……はぁ、はぁ……う、うん」

呼吸を荒くして、うつ伏せのままこちらを向くことなく返事をしたミーシアから、チセに視線を移す。

「さあ、待たせちゃったね。次はチセだよ」

「は、はい！」

ミーシアの隣で、緊張気味に待っていた少女のほうに移動すると、ノルンはローションを両手に広げた。

◆

「チセは上半身をやろうか。仰向けになってくれる？」

「は、はい」

うつ伏せだったチセは、ころん、と素直に仰向けになった。

緊張と、水着姿をまじまじと見られることが恥ずかしいのだろう。

もじもじ身を捩っている姿は実にかわいらしい。

セミロングの髪を広げ、ノルンを潤んだ瞳で見つめている。

そんなチセに、ゆっくりローションをかけていく。

「――んっ」

ローションが少女の身体中に広がっていく。

すると、薄手の水着が水分を吸い、色を変えていく。

同時に、少女の乳首がはっきりと浮かんできた。

(チセの乳首もう立ってる……かわいいなぁ)

十分に少女の小さな身体にローションを広げると、ノルンは手でしっかりと揉み込むように塗りたくっていく。

「ひゃうっ……おにゃかぁ……っ」

まず、お腹に手を伸ばした少年の指が、おへそ周り、脇腹と揉んでいく。

にゅるにゅる、とした感触が指に伝わり心地いい。

ミーシアと違って肉付きこそ劣るが、少女特有の柔らかさはチセにも健在だ。

スレンダーなくせに柔らかさもあり、ときどき当たる肋骨の感触のすべてが、手でチセを味わっているのだと実感できる。

「はぁぁぁ……らめですぅ……おにいちゃん……にゅうぅ」

(チセったら、微発情とローションマッサージで気持ちよさそうだなぁ)

少女のお腹周りを堪能すると、続いて少年の手が胸へと伸びる。

「――ふぁぁっ」

脇腹から小ぶりな胸にかけて、撫であげるように進んでいく。

小さいのにしっかりとした柔らかさを持つ、チセの胸に指が届くと、もにもにっ、と揉んでいく。

「あぁっ、ああっ、きもちぃ……ふぁぁぁぁぁぁっ……」

(うん。チセは感度がいいみたいだ!)

ミーシアの反応もよかったが、薄い胸をマッサージされているチセのほうが感じているようだ。

一度射精しているにもかかわらず、少年の股間はビンビンに勃っていた。

その理由は言うまでもなく、敏感に喘ぐチセのせいだ。

(我慢できない……水着の上からでもいいけど……やっぱり直接触っちゃおうかなぁ)

水着の胸部分の横から、指を中に滑らせていく。

「ふぁぁぁぁぁっ……はひぃっ！」

ぬちゅぬちゅ、と音を立てて、水着の中を弄っていく。

小ぶりな乳房は柔らかく、乳首は興奮から突起して硬くなっているのがはっきりわかる。

乳首に指が触れるだけで、少女は敏感に甘い声を漏らしていく。

「おにっ、ちゃん……んっ、あああっ」

コリコリとした乳首を念入りに撫でながら、乳房をマッサージしていく。

チセの切ない声が耳に心地いい。

(いいよぉ……もっとチセのかわいい声が聞きたいなぁ)

つい我慢できなくなり、いたずら心が湧いてしまった。

その欲望に従って、敏感に突起する少女の乳首を摘む。

「――ひうぅぅ!?」

きゅうっ、と尖った先端を引っ張ると、チセが驚きと快感の混じった悲鳴をあげた。

ノルンの責めは止まらない。

そのまま繰り返し、乳首を責め立てていく。

「はっ、はぁっ……んんっ、んっ、んんんんっ！　……はぁ……きもちよすぎて……声が

「……勝手に……」

「いいよ、声出して。どんどん続きいくね！」

乳首から手を離し、下半身に手を伸ばす。

「――っ」

どこをノルンが狙っているのか理解したのだろう。チセが身構えた。

ノルンは気にすることなく、チセの秘部を水着越しに撫でる。

「ふぁぁぁぁぁぁあっっ⁉」

嬌声があがり、チセの細い腰が浮いた。

ノルンのマッサージは続く。

小ぶりなお尻を、太ももの付け根を、揉むようにマッサージしていった。

ときには、水着に隠された割れ目を広げるように指を動かし、チセに切ない刺激と羞恥を与えていく。

「あひぃっ……しゅごいっ……あっ！　らめ……おかしくなっちゃ……っう」

ローションとは別のぬるりとした液体が指に絡みついた。

少女の膣口から、愛蜜が垂れているのだとわかる。

「やぁっ……はぁっ、あっ……」

もうマッサージの範疇ではなく、愛撫されているといっても過言ではないチセ。

彼女自身も、マッサージを受けているとはもう思っていないだろう。

明らかに感じた声を出している。

(あぁ……ハイレグにローションってクッソエロいなぁ)

さらに、幼い少女がそんな状況で喘いでいるのだから、興奮しないわけがない。

(――ん?)

チセをさらに気持ちよくさせようと企んでいたノルンが、気づく。

隣で小休憩を取っているはずのミーシアが、こちらを向いて必死に秘所を弄って自分のことを慰めている姿を見つけたのだ。

(うんうん。ミーシアもちゃんと発情しているみたいだね)

しかし、ノルンはあえてミーシアのオナニーに気づかないフリをする。

彼女は、幼い身体をマッサージするノルンと、マッサージを受けて喘ぐチセをオカズに恥部を弄っている。

「――んっ、ふぅ……んあぁ……っ」

声を抑えることを忘れて、夢中で指を動かす姿はいじらしく、いやらしい。

彼女のオナニーを暴き、辱めてからセックスしたい衝動に駆られるも、ノルンは欲望を振り払ってチセに集中する。

(ミーシアも気になるけど、そろそろチセがイキそうなんだよね)

乳房を丸出しにして、愛蜜で股を濡らす少女の限界がそろそろ訪れるとノルンは見抜いていた。

瞳を潤ませ、もっとしてほしいと言わんばかりにノルンを見つめているチセの無言の要望に応えようと、膣を水着越しに力強く刺激する。

「──ふぁぁぁっ！」

びくんっ、と大きくチセがのけ反ると同時に、水着から濃い蜜が垂れてくる。

「はぁ、はぁ……ふぅぅっ、おにいちゃ……わたし……もうっ」

「いいよ！　イケイケっ！　チセ、イッちゃえ！」

水着をずらし、膣口を露わにすると、快感を味わい突起した肉豆を見つけて容赦なく責め立てる。

女の子にとって一番敏感な部分を強く刺激された少女は、腰を浮かせて喘いだ。

「──はひぃぃぃっ！　ふぁっ、くるっ！　きちゃうっ！　あああっ！　あぁーーーーーっ！」

──ぷしゃぁぁぁぁ！

チセの割れ目から、失禁を疑いたくなる量の潮が噴き出した。

ガクガク、と身体を震わせながら、ベッドに力なく腰をおろした少女は、息も絶え絶えになって焦点の合わない瞳で虚空を見つめている。

少女の汁塗れになった手を、ぺろり、と舐め取ったノルンは一仕事終えた満足感を胸に、

「――ふう。暑くなってきたから、脱いじゃお……」

幼なじみの絶頂を羨ましそうに見守っていたミーシアに見せつけるように全裸となった。

(うわっ……すっごい。ミーシアの視線がちんこに集まってるっ)

ふーっ、ふーっ、と発情した獣のような荒い呼吸を繰り返すミーシアが、ノルンに近づいてくる。

彼女の視線は少年の、雄々しく反り立つ陰茎に注がれていた。

彼女がなにを求めているのかわかっているノルンだが、あえて鈍感なフリをする。

「よし。それじゃあミーシアのマッサージを再開しようかな」

ノルンがそんなことを言うと、もう我慢できないとばかりにミーシアがベッドの上で大きく開脚した。

「――っ」

少女は水着を横にずらし、自らの秘所を細い指でぱっくりと広げて見せつけてくる。

「はっ……はーっ……はぁ……せっくすしよぉ……?」

誘惑する声も、完全に発情し蕩けきっていた。

そんなミーシアの膣も、はっきりとわかるほど蜜に塗れていい具合になっているのがわかった。

「もう、ミーシアったら、しかたないなぁ。じゃあ、ボクの上に乗って？」

「う、うん――」

素直に従ったミーシアが、ノルンに跨がると同時にちんこを自身の中に受け入れていく。

「っ、ああっ、んっ、あああっ、ノルンっ、深いっ、深いよぉぉ！」

騎乗位でペニスを膣に挿入して、背をのけ反らせて悦んだ。

「お、お兄ちゃん」

躊躇いがちにノルンを呼んだのはチセだ。

彼女は自らの秘部を弄りながら、自分もミーシアと同じようにノルンとエッチしたいと言わずとも、その潤んだ瞳が物語っていた。

もちろん、ノルンがそんなチセを拒むはずがない。むしろ、大歓迎とばかりに手招きした。

「ほら、こっちこっち。チセは、お股を舐めてあげるから」

恐る恐るチセがノルンの顔の上に、女性器を押し付けるように腰を落とした。

少年は、眼前に迫った膣を丁寧に舐めていく。

「そう、れろっ、れろぉっ、ちゅうっ！」

「お、おにいっ、ちゃんっ、おまたっ、ペロペロっ、されてっ……壊れちゃいますぅぅ！」

ミーシアに騎乗位で腰を振り、チセを顔の上に乗せてクンニするノルン。

何度か絶頂を迎えて敏感になっている少女たちは、感度よく喘いでくれる。

「んっ、はぁっんっ、ノルンっ、ノルンっ！」

「あんっ、ひうっ、おにい、ちゃ……おにいちゃんっ！」

その声に興奮し、ノルンの腰の動きが激しさを増し、チセの膣口への吸い付きも強くなる。

「あああっ、んっ、ノルンっ、奥っ、届いてっ、るうぅ！」

ミーシアは、結合部から愛液を滴らせて、身体を大きく揺すって悦んでいる。

膣奥深くに届く竿先がミーシアの反応に合わせてぎゅっと締め付けられるのがたまらない。

「おにいちゃっ……ちゅうちゅうっ、らめぇですぅ！」

ノルンにクンニされているチセも幼い女陰《じょいん》から、これでもかと蜜を垂れ流していた。

女性器の先端で主張するように突起したクリトリスを遠慮なく啄み、吸うと、彼女の声がより大きくなる。

（ああ……最高すぎる……ミーシアに騎乗位でエッチしながら、顔にはチセのあそこが……こんな美少女を同時に味わえるなんて……っ）

夢のような光景にノルンの興奮は天井知らずに高まっていく。

「ノルンっ、ノルンっ……いいっ、あっ、はぁっ、にゃぁっ」

「おにいちゃんっ、おにいちゃんっ、ぺろぺろっ……きもちいっ、ですぅ！」

（ふたりの反応よすぎるっ、最高だ！　本当に王様になった気分だよっ！）

転生前では縁のなかった、いや、お目にかかることのできないレベルの美少女が、自分の腰と顔の上で自らによってこれでもかと喘いでいるのだ。

感動していると言っても過言ではなかった。

ノルンは感謝を込めて、ふたりを精一杯気持ちよくしてあげようとする。

腰をより強く突き上げ、ミーシアを貫く。

「ノルンっ、いいぃっ、奥っ、ぐりぐりぃっ！」

チセのクリトリスを中心に、舌と唇で責め立てる。

「おにっ、ちゃ……あんっ、らめぇ……お豆っ、ちゅうちゅうしないでぇ」

顔をチセの蜜塗れにしながら、ミーシアの膣奥を竿先で叩いていると、ノルンの亀頭がミーシアの子宮口に届き、抉った。

「にゃぁぁぁぁぁぁぁぁぁぁぁっっ！」

その都度、悲鳴のような嬌声がミーシアのかわいい口から漏れていく。

同時に、ぎゅっ、とキツくペニスが膣壁によって締め付けられていった。

（ミーシアの膣内っ、反応よすぎるっ！）

その刺激は、ノルンの射精感を促すには十分すぎた。が、ぐっと腰に力を込めて耐える。

「おにいちゃんっ、んっ、はぁっ、おまたっ、こわれちゃいますぅぅ！」

チセは、ノルンの舌と唇によって、割れ目の先端についている敏感な肉芽を容赦なく責め立てられていた。

がくがくっ、と膝と腰を震わせながら、ノルンの責めに耐え続けている姿は実に健気で愛らしい。

そのご褒美に、よりいっそう、ノルンのクンニに力が込められていく。

が、幼い少女には刺激が強すぎるのか、ちょっと愛撫を強くしただけで、今まで以上に愛蜜を噴き出してしまう。

「おにいちゃぁぁぁぁぁぁぁぁぁんっっ！」

ぷしっ、と蜜が少年の顔をさらに濡らした。

（――チセの愛液って、甘酸っぱくて美味しい……もっと味わいたいなぁ）

ノルンはもっとミーシアを貫きながらチセを味わっていたいのだが、そろそろ少女たちに限界が訪れていた。

「ノルンっ、ノルンっ、私っ、もうっ！」

ミーシアは自ら腰を強く振り、ラストスパートをかけ始める。

腰の動きは大きく、強く、激しくなり、それに伴いノルンのペニスに与える刺激も強くなる。

膣の奥から、膣口までの膣壁を使って力強く陰茎を扱いてくれるように、ミーシアが動き続ける。

「おにいちゃんっ！　わたしもっ、もうっ、でちゃ――っ」

チセも、膣とクリトリスを舌で責められて絶頂間近だ。

興奮しきったチセは、自然と幼い乳房と乳首を自らの手で揉み、摘み、刺激を与えている。

ノルンにクンニされながら、オナニーまでしてしまっているのだ。

その快感に酔いしれ、瞳はとろんとしていて、白い肌も火照って真っ赤だ。

「おにいちゃんっ、おにちゃんっ、わたしっ、でちゃいますっ、でちゃ――ああああああぁっ――」

ぶるぶるっ、と身体中を震わせて、限界だと叫んだ。

「いいよっ、ふたりとも！　イっちゃえぇ！」

ぐんっ、とミーシアの子宮深くに亀頭が届くように腰を力強く押し付ける。

「――っ、はぁぁぁぁぁぁぁぁぁぁっ⁉」

その刹那、大きな刺激を下腹部に受けたミーシアがノルンの上で大きく背をのけ反らせて絶頂を迎えた。

大きく身体を痙攣させて、二度、三度と大きく跳ねる。

続いて、チセのかわいいクリトリスへの甘噛みを強くしてあげると、

「ふぁぁぁぁっ、でっ、出ちゃうぅぅぅぅぅぅぅっ！」

――プシャァアアアアアッ！

ついに限界を迎えたチセの幼い割れ目から、大量の潮が噴き出してノルンの顔をべっとりと濡らした。

「――はぁ、はぁ……ノルンっ、はっ、はぁ」

「おに、いちゃ……んっ、はぁっ、んっ……」

揃って絶頂を迎えた少女たちは、ノルンを下敷きにするように倒れ込む。

しかし、まだ終わりではない。

少年はまだ満足していないのだ。

「……今度はボクの番だね？」

「……ひゃい」

「ふぁい……」

ノルンに力なく応える少女たちだが、その声音には期待が籠もっていた。

さらに、絶頂を迎えてもなお、さらなる快感を味わいたいと潤んだ瞳で訴えかけてくる。

「じゃあ、お尻を向けてほしいなぁ」

一度、少女たちを立たせたノルンは、ベッドの脇にふたりを移動させた。

「そうそう、ベッドの上に手をついて、お尻をこっちに。うん、足は床におろしてね。そうそう……うわぁ、いい眺めっ」

少女たちは、ノルンに向かってお尻を並べて向けた。

反対側から見ると、まるで土下座しているような体勢だった。

ミーシアのほうがチセよりもお尻は大きいが、ムチムチ具合ではチセのほうが小ぶりながら優っている。

美味しそうな桃尻が、並ぶと実に壮観だった。

その光景に興奮を高めたノルンが、男根を握りしめながら少女たちに命令する。

「さ、ふたりとも。その格好でおねだりしてごらん」

ノルンの要求に、少女たちは素直だった。

「ノルン……もっとちょうだいっ……」

「お兄ちゃん……もっと、くださぁい……」

ふたりはおねだりしながら、お尻を振った。

四つの熟れきった桃が仲良く左右に揺れていく。

ハイレグ水着をずらしたままの少女たちの割れ目からは、蕩けた蜜と少年が注いだ精液が垂れている。それが実にいやらしかった。

（ふぉおおおっ、素晴らしい光景だ！）

前世で読んだエロ同人誌に出てくるようなワンシーンに感動しながら、

「じゃあ、次はチセに入れるね」

反り立った陰茎をチセの割れ目に挿入した。

「──ふぁぁぁぁぁぁぁぁぁぁぁぁぁぁっっ！」

チセの幼いお尻を掴んで腰を打ち付けると、悲鳴のような嬌声があがる。

幼い少女の膣は絶頂したこともあり蜜塗れで、すんなりと少年のペニスを飲み込んだ。

膣肉も柔らかくほぐれており気持ちいい。

陰茎全体が熱を帯びた膣壁に包まれて、実に幸せだった。

「あぁ……いいなぁ、チセっ」

挿入されなかったミーシアが、指を咥えて羨ましそうな声を出していた。

「ご、ごめんね、ミーシアっ、あんっ、おにいちゃんっ、はげしっ、いいっ、んっ、はぁっ……んっ」

謝ろうとするチセに最後まで言葉を言わせず、ノルンはチセを貫き、嬌声をあげさせる。

「あんっ、おっ、おにいっ、ちゃんっ、きもっ、ちいぃ！」

ぱんっ、ぱんっ、ぱんっ、とリズムよく少女のお尻に腰を打ち付けていく。

腰を打つ度に、結合部から蜜が溢れ出た。

少年と少女の下半身が、愛蜜に塗れて濡れていく。

ペニスに蜜が絡みつき、今までも十分に滑りがよかったチセの膣内がさらに潤滑となっていく。

「ノルンぅ……私にもぉ」

「うっ、ああっ、うん、ミーシア……待ってて、すぐっ、そっちにいくからっ！」

チセの幼い膣を味わいながら、おあずけをくらってしまい拗ねた様子のミーシアをフォローする。

「じゃあ、一回抜くね、チセ」

「あ――おにいちゃん……」

ペニスを膣から引き抜かれてしまったチセが、実に寂しそうな声を出すが、再び戻ってくるとキスをして許してもらう。

「じゃあ、次はミーシアの番だよっ！」

そう宣言すると、お尻を振り続けてノルンを待っていたミーシアの桃尻を掴み、蜜が滴り落ちる蕩けた膣口にペニスを勢いよく挿入する。

「にゃぁぁぁぁぁぁぁぁぁぁぁぁぁぁぁぁぁっっ！」

一切の抵抗もなく、にゅるんっ、とノルンの男根はすべてミーシアの膣内に収まってしまった。

散々おあずけを喰らっていたミーシアの膣肉は、熱湯のように熱く火傷しそうだ。だが、その熱が心地いい。

膣壁は意思を持ったように蠢き、ノルンの竿全体をこれでもかと刺激してくる。

「はーっ、はーっ、ノルン……いいよぉ、うごいてぇ」

（ミーシアもすっかりエッチになっちゃったなぁ。だが、それがいいっ！）

ノルンもそろそろ射精間近だった。

チセの幼い膣を味わっただけでも、十分に射精できたのだが、ここはやはり王の器らしく振る舞いたい。

ミーシアを満足させるべく、奥歯を噛み締め、必死に腰を振った。

ぱんっ、ぱんぱんぱんっ、ぱんっ！

「あっ、ああっ、んっ、ああぁあんっ、ノルンっ、はげしっ、はげしいぃよぉぉ！」

「ミーシアっ、ミーシアっ！」

「ああぁあっ、んっ、ああんっ、ノルンっ、ノルンっ、ノルンっ！」

少年のペニスを包む、少女の膣肉がうねうねと動く。

それだけで射精してしまいそうな刺激が股間から脳天に伝わってくるが、ノルンは耐え続ける。

ふたりの呼吸は荒くなり、汗が飛び散る。

部屋には腰と腰がぶつかり、蜜が弾ける音が卑猥に響き続けた。

「ノルンっ、きもちっ、きもちいぃよぉっ、にゃっ、にゃぁぁぁぁぁっ！」

「ミーシアっ、ぐっ、もう、でるよっ、ミーシアの膣内に出しちゃうよぉ！」

「うんっ、いいよ！　出してっ、ノルンのせーしっ、いっぱいっ、私の膣内っ、にぃ！」

「ミーシアっ、ミーシアっ、ミーシアっ！」

そして、ついにノルンの限界が訪れた。

──びゅるるるっ、びりゅるるるっ、びゅるううっ！

「にゃぁあぁぁぁぁぁぁぁっ、熱いぃいいいいいいいいいっ！」

膣奥で濃厚な精液を受けたミーシアが悲鳴をあげた。

「──くっ、チセ！」

「は、はい！」

ノルンは、射精途中で、ミーシアの膣からペニスを引き抜くと、いい子に待っていたチセに挿入し、残りの精を解き放つ。

──どびゅるるっ、びゅーっ、びゅうーっ！

「はぁぁぁぁぁぁぁぁぁぁぁっ、熱いですぅぅぅぅぅぅっ！」

お嫁さんたちの膣を味わったノルンは、濃い精子をふたりの子宮にたっぷりと注いだ。

「はぁ……はぁ……こんなにたっぷり射精したのに、全然治まる気配がないっ」

きっとミーシアとチセがコスプレしてくれていることで、いつもとは違う興奮があるというのもひとつだろう。

それ以上に、積極的に求めてくれるお嫁さんたちのおかげでもある。

「ふたりとも、まだまだこれからだからね」

ノルンが未だガチガチに反り立つ陰茎をふたりに見せつけるようにすると、

「……うん、たっぷりかわいがってね」

「——おにいちゃんが満足するまで、たくさんえっちしたいですぅ」

瞳にハートマークを浮かべた少女が、甘ったるい声で同意してくれた。

その後、ノルンはミーシアとチセに交互に挿入し、ふたりの膣比べをした。

発情に発情を重ねたお嫁さん達の興奮も、そんなふたりに感化されたノルンも、繰り返し繰り返しセックスして、絶頂に達した。

少女たちは、水着と肌を白濁液と汗と愛液に塗れさせて、ぐちゃぐちゃになってもまだノルンを求め続けた。

王の器であるノルンは、彼女たちを受け入れる絶倫によって、何度もふたりを果てさせる。

三人は、体力が果てるまで交わり続けた。

めちゃくちゃになるまでセックスした。

ノルンは、ミーシアとチセを気絶させると、コスプレエッチに大満足して眠りについたのだった。

◆

昨晩、お嫁さんふたりとハッスルしたノルンは、コスプレ衣装を用意してくれたラビメアにお礼を言いにきていた。

(うわー。窓からうちが丸見えだな……)

ラビメアの部屋に通されたノルンは、彼女の部屋の窓から、自宅がよく見えることを知った。

(これじゃ、ミーシアたちとのエッチも丸見えだね。あははは)

つい苦笑が漏れる。

だが、ラビメアが部屋から自分たちの情事に気づいてくれたおかげで、彼女とエッチしただけではなく、第三夫人として迎えることができたのだから文句など微塵もない。

「おにーさんっ。飲み物持ってきたよー」

「うん。ありが――えええっ、その格好は!?」

ノルンは、トレイにコップを載せたラビメアの登場に目を剥いて驚いた。

その理由は、少女の格好にある。

昼間にもかかわらず、艶やかなネグリジェ姿だった。

小柄なラビメアに不相応なたわわな乳房が溢れてしまいそうな、生地の小さいトップに、ひらひらしたスカートから覗く、大人びたショーツ。

(どスケベすぎるっ!!!!)

ノルンの視線が無遠慮にラビメアに向かい、上から下まで舐めるように見つめる。

「えへへ。これでいつも寝てるんだぁ」

そう言って、トレイをテーブルに置いたラビメアは、ベッドの上に腰をおろした。

続けて、少年を見つめて、隣に座るようポンポンとベッドの上を叩く。

ノルンは彼女の隣に座ると、まずお礼を言った。

「コスプレ衣装、ありがとう。すっごくよかったよ」

「えへへ。頑張って用意した甲斐があったよ。それにしても、おにーさん」

「うん?」

「昨晩は随分、お盛んでしたねぇ」

「……やっぱり聞こえてた?」

「当たり前でしょー。おかげで、こっちまで悶々としちゃったんですけどー」

ちょっと不機嫌です、という感じに頬を膨らませるラビメアはかわいかった。

彼女は、そのままノルンの肩に、自らの頭をあずける。

（うわぁ……すげぇ、いい匂い……）

香水をつけているのか、ラビメアから甘い匂いが伝わってくる。

ネグリジェ姿といい、いい匂いといい、まるで誘惑されている気分になってしまう。

「おにーさん……昨日、激しかったね。たくさん声とか聞こえてきたよ？」

「あはははは。それはごめんね」

「まあ、あんなエッチな水着コスをミーシアちゃんとチセちゃんにさせちゃったら、興奮するのは無理ないけど……ちょっとずるいなぁ」

少女は、頭だけではなく、身体全体をノルンに寄せてきた。

ふわり、と香る少女の匂いは、香水だけではない。

女の子特有の、甘い匂いが、ノルンの鼻腔をくすぐった。

「おにーさんのために、あんなエッチなコスプレを用意してあげたご褒美が欲しいなぁ」

少女の言わんとしていることがわかった。

ラビメアは間違いなく誘惑している。

自分も、ミーシアやチセのようにエッチしてほしいのだと言っているのだ。

その証拠に、ネグリジェに身を包み、今もこうして身をあずけてきている。

（いい匂いだけでもどうにかなりそうなのに……ふたりっきりでこんな格好されて、誘惑されたら――襲うしかないじゃないか！）

「──ラビメアっ」

「やんっ」

度重なるラビメアのお誘いに、ノルンは我慢できなくなって彼女をベッドに押し倒した。

嬉しそうな声をあげるラビメアに覆いかぶさると、求め合うように唇を重ねたのだった。

◆

「キスもたくさんしたし、今度は後ろからしよう？　ほら、窓のところに立って」

「うんっ、おにーさんったら、エッチなんだから。誰かに見られちゃったらどうするのぉ？」

からかう口調でそんなことを言うラビメアだったが、嫌がる素振りは微塵もない。むしろ、楽しむように窓際へ移動する。

少女は、窓枠に手をつくと、大きなお尻をこちらに向けて左右に揺すった。

そんな悪戯《いたずら》っ子なラビメアのお尻を、ちょっと強めに掴むと、

「入れるよっ」

勢いよく、ペニスを膣内へと挿入する。

「はぁあああああっっ、おちんちんっ、入ってくるぅっ！」

なんの抵抗もなく濡れた膣はノルンの男根をすべて飲み込んでしまった。

熱を帯びて蕩けきった膣肉が実に心地いい。

少し動かすだけで、膣壁のヒダが蜜に塗れた陰茎を柔らかく包み込み、意思を持ったように刺激を与えてくれた。

「――くっ、相変わらず、ラビメアの膣内っ、気持ちいいっ！」

「あんっ、うれしっ、おにーさんのおちんちんもぉ、きもちいいよぉ！」

ノルンは、立ちバックからガンガン責めるように少女の膣奥を突いていく。

腰をしっかり掴み、これでもかと力強く、繰り返し、抉るように。

「あんっ、ああんっ、しゅごいっ、おにーさんっ、しゅごしゅぎぃ！」

蕩けた膣壁が陰茎を柔らかく包み込んでくれると同時に、締め付けてくれるのが心地よかった。

ぱんぱんっ、とラビメアのお尻をノルンの腰が打つ音が部屋中に木霊する。

「後ろからパンパンされるのしゅきぃっ……おちんちんっ、しゅごいぃぃっ！」

顔と乳房を窓に押し付けて、背後から貫かれて悦ぶラビメア。

せっかくの形のいい巨乳が、窓に押し潰されてしまいもったいない。が、その歪んだ形が逆に卑猥とも取れる。

「はっ、んっ、ああんっ、ふっ、ふうっ、はぁ……んっ、ああんっ」

窓によだれを垂らしてまで喘ぐ少女の姿に、興奮が高まり、腰の動きが強くなる。

少年が膣内をかき回す度、髪を振り乱して少女が痙攣する。

「あっ、はぁっ、んっ、ああっ、おちんちんっ、いいっ、んっ、あんっ、硬くてっ、きもち、あっ……んっ、はぁっ、んんっ」

「くっ、ラビメアっ、ラビメアっ！」

身体を跳ねさせる少女を腕でがっちり掴んで、夢中で腰を動かすノルン。

結合部から蜜を垂れ流す少女の膣具合は、最高の一言だ。

ミーシアとチセとも違う、少女の全身のように柔らかくて心地がいい。

そんな少女の膣をペニス全体で味わっているのだから、そうそう我慢ができるものではない。

もうそろそろ、射精感が限界を迎えそうだった。

「くっ——ラビメアっ、そろそろ！」

ラストスパートをかけようと、さらなる刺激を求めて腰を動かそうとしたとき、

——バンっ！

「——なっ⁉」

寄りかかっていた窓を、ラビメアが勢いよく開けてしまったのだ。

ノルンが驚くのは無理もない。

さらに、窓から下を覗けば、チセが庭掃除をしている姿があった。

「な、なにをして……」

込み上がっていた射精感が、驚きで引っ込んでしまった。

ノルンは、どうしようかと慌ててしまう。

(ちょ、まって、え？　なにしてんの、ラビメア⁉)

ラビメアを第三夫人に迎えたが、そのことをミーシアにもチセにも伝えていない。

理由は、そのほうが浮気っぽくて興奮するからという、しょうもないものであるが、本当にお嫁さんたちに浮気をしているとは思われたくないのだ。

「ちょっと、ラビメア！」

「しーっ。下からだと多分、おにーさんのことは見えないよ」

「いや、だからって」

「ふふふっ、お嫁さんに隠れてエッチしてるのって興奮するでしょぉ？」

「そ、それは……」

ノルンは言葉に詰まってしまう。

ここで否、と言えないノルンは、なんだかんだでエッチな少年なのだ。

驚いたせいで射精感こそ引っ込んだものの、ラビメアの膣内にいる男根は硬いままだ。

いや、むしろ、この状況でさらなる興奮を覚えてよりガチガチに硬さを増している。

「あ、チセちゃんがこっちに気がついたよ——あんっ、もうっ、おにーさんったら」

ノルンは、ついに我慢ができず腰を振ることを再開してしまった。

ラビメアの言う通り、この状況はすごく興奮することを認めた。

「んっ、はっっ、あ……ほら、チセちゃんが手を振ってくれてるっ、うっ、んっ、はぁっ、んあっ、んんんっ」

「――っ」

ラビメアに気づいたチセがこちらに向かって手を振っているのが見えた。

ノルンは自分が見つかってしまうのではないかと冷や冷やしながらも、ラビメアの膣内を味わい続ける。

チセに向かって手を振り返すラビメアも、この状況下に興奮しているのだろう。

膣肉は先ほどまでよりも蠢き、陰茎に刺激をより与えてくれている。

「……おにーさんとセックスしてるの……バレちゃうかな？　んっ……ふぅっ！」

(なんて素質だっ……でも、この状況に興奮してるボクも相当な変態だなっ！)

「――あっ、ああんっ、好きっ、すきぃっ！　おにーさんのおちんちんっ、すごくっ、硬くなってるっ、いいっ、しゅごくっ、いいのぉ！　はぁっ、ふっ、んっ、うっ、んあっ！」

このシチュエーションと、ペニスから伝わるラビメアの感触に、快感が大きくなっていく。

淫乱の素質があるラビメアのいやらしさと、チセに見つかってしまうのではないかという不安が興奮となり、ノルンの射精感が煽られる。

すでに波のような快感が腰に押し寄せてきており、限界が近い。

奥歯を噛み締め耐えているが、もう我慢できそうになかった。

「おにーさんっ、んっ、あっ、あんっ、すきぃっ、すきぃっ！」

少しでも気を抜けばチセに見つかってしまう不安から、小さくしていた少女の声も次第に大きくなっていく。

ノルンがもう射精寸前だとわかっているのだろう。

少年が腰を振るのと同時にラビメアもたわわなお尻を振り、早く射精してと促してくる。

「うっ、あぁっ、んっ、あんっ……うっ、うんっ、あっ、ああんっ、おにーさんっ、おちんちんっ、いいっ、すきぃっ！」

（――もうっ、限界だっ！　ラビメアがエッチすぎて、気持ちよすぎてっ、これ以上我慢――できないいっっ！）

「はぁっ、んっ、んあっ、ふっ、ふあっ、んっ、んんんっ……おにーさんっ、あたしもっ、もうっ、ああああっ、しゅごいっ、おにーさんのっ、硬くてっ、熱いっ、おちんちんでぇっ……あたしのっ、膣内ぁっ！」

ノルンも限界だが、ラビメアも同じようだった。

顔を真っ赤に染め、口元を手で押さえて、声が庭掃除をするチセに届かないように耐えている。

それでも少女の声は大きくなっており、快感をたっぷり味わっているのがわかった。

その証拠に、膣肉が射精を求めるように、グニグニと蠢き、蜜を結合部から垂れ流している。

たわわな胸を大きく揺らす少女を後ろから力強く抱きしめ、貫き続ける刺激は凄まじい。

陰茎に伝わる少女の膣肉の蕩けきった熱い感触も、大きな乳を揺らして喘ぐ姿も、最高だった。

(——くっ)

もっと味わっていたかったが、それも終わりが近づいた。

(——もうっ、限界だっ!)

耐えに耐えていた射精感が限界まで込み上げてきたのだ。

「ラビメア……出すよぉっ!」

「うんっ、おにーさん……私の中にだしてぇぇ!」

きゅううっ、と少女の膣が少年の精子を求めるようにキツく締め付けてくる。

その強すぎる刺激に、ノルンの我慢の壁はついに決壊した。

「出るっ、ラビメアっ、出るよぉ!」

——どくっ、どくんっ、どくんっ、どくっ!

「あっ、はっ、ぴゃぁぁぁぁぁぁぁんっ！」

締め付けてくる膣の奥にある子宮に向かって、ノルンは大量の精を解き放った。

放出される精の快感に全身が大きく痙攣する。

ノルンはよだれを垂らしながら、射精の余韻に浸る。

「──あ、ああっ、あああ……熱いぃぃ……あちゅいよぉぉぉ」

ラビメアも、火傷しそうなほどの熱を持つ精液を大量に子宮に受けて、絶頂を迎えて身体を小刻みに震わせている。

繰り返し痙攣する少女は、とろんとした瞳に大粒の涙を浮かべて背をのけ反らせて悦んでいた。

「はーっ、はぁーっ、はぁーっ、おにーさんの、せーしっ……お腹の中ぁ、火傷しそぉ」

ノルンの尿道から精子すべてを奪い取ろうと、さらにラビメアの膣がキュッと締まった。

「くぅぅ」

最後の一滴まで絞り取られたノルンは、ゆっくり陰茎を少女の膣から抜いていく。

すると、吐き出した精液が逆流し、亀頭と糸を引く。

その光景に、ノルンは、ごくり、と唾を飲む。

「あはっ……ここでセックスしてるのバレちゃうかと思ってコーフンしちゃったよぉ……」

窓のサッシに手をつき、はーっ、はーっ、と息も絶え絶えになっている少女は妖艶で、幼さを忘れるほど美しかった。

そんなラビメアに、ノルンの勃起が治まるはずがない。

ノルンは少女の身体を抱き抱えると、窓からベッドの上に。

「きゃっ、あんっ……もうっ、おにーさんったら、まだエッチするのぉ？」

問いかけてくるラビメアだったが、彼女の瞳は期待に満ち溢れているのが手に取るようにわかった。

蕩けた瞳にハートマークを浮かべ、早くきてとばかりに期待の籠った眼差しを送ってくる。

ノルンは我慢せず、少女に覆いかぶさった。

「この淫乱ウサギめぇ！　お仕置きだぁっ！」

肉付きのいい足を掴んで大きく広げさせ、正常位で挿入する。

「あっ、はぁっ……入ってくるっ、ああんっ、おにーさんっ、激しいっ！　あぁっ！」

にゅるんっ、と膣奥までペニスを飲み込んだ少女が、乳房を揺らして気持ちよさそうに喘ぐ。

少年の興奮も最高潮だ。ベッドを軋ませて、これでもかと腰を振って少女に何度も何度も腰を打ち付けた。

「エッロいよっ、ラビメアっ！」

大きく揺れる巨乳に口を這わせ、乳首を力強く吸う。

「ひゃぁっ、んっ、おにーさんっ、いいっ、おちんちんっ、いいっ、いいのぉ！」

「――はっ、ふっ、この身体もっ、心もっ、全部ボクのものにしてやるっ！」

ぢゅるぢゅる、と音を立てて少女の乳首を吸いながら、ノルンは宣言する。

興奮によって固く尖った乳首は、甘いと同時に、汗の塩っけがした。それがまた、ノルンを興奮させていく。

（――この子をすべてボクのものにしてやろう！）

その一心で腰を振り続けた。

「――おにーさんっ！」

ラビメアも、少年に応えるように喘ぐ。

愛しげに少年の頭を抱きしめ、乳房を押し付け、力一杯声をあげる。

「してぇっ……おにーさんの好きなようにおっぱい扱ってぇ……」

少女の声を起爆剤にして、少年はさらに腰を激しく振った。

一突きするごとに、蕩けた熱い愛蜜が少女の割れ目から噴き出すのがわかった。

蜜は少年の股間周りを濡らし、陰茎に潤滑油代わりにされていく。

少女が蜜を噴き出す度、少年の腰の勢いが増し、さらなる快感が少女を襲った。

「いいのぉっ！　そこっ、いいよぉぉっ！　おちんちんっ、しゅごいぃっ、おくっ、おくぅっ、届いてるのぉ！」

少女の喘ぎ声が耳を刺激した。

自分の男根がラビメアに快感を与えているという満足感がノルンを襲い、興奮を高めてくれる。

にゅるにゅるする少女の膣内が、早く射精してとばかりに催促するように蠢く。その快感と、興奮が少年の射精感を促し、二度目の射精に至った。

「──イクっ！　また出るっ！」

──びゅくっ！　びゅるるるるるっ！

今度は我慢せず、素直に射精した。

ラビメアの子宮に向かって、大量の精子を解き放つ。

「──あぁっ……っ熱いぃぃぃぃぃぃぃっ！　熱いよぉおおおおおおおおっ！」

再び少女の子宮に大量の精を放つ快感は凄まじい。

ラビメアを自分のものだと言わんばかりに、マーキングするように精子を子宮に塗りたくる。

膣内を白く染め、染み渡らせるよう陰茎を動かし、膣壁に精液を擦り付ける。

その執拗な行為は少女に快感を与えたようで、彼女は身体を痙攣させている。

「…………おにーさんの……ものに、なっちゃったぁ……」

ノルンは、ラビメアの身も心も手に入れた達成感と満足感に支配されて、彼女の唇を奪う。

繋がったふたりは、飽きることなく舌を絡め合うのだった。

◆

「ノルン」

「……お兄ちゃん」

自宅のリビングのソファにて、向かい合ったミーシアとチセの硬い声を聞いて、ノルンは身をすくめた。

横にはラビメアが、どこか気まずそうな顔をして座っている。

「ねえ、ノルン。ラビメアちゃんもお嫁さんになったって本当なの？」

そう、この気まずい雰囲気は、ラビメアとの関係がミーシアとチセにバレてしまったためであった。

「——はい」

ノルンは言い訳することなく、素直に認めた。

少年が白状すると、少女たちは「……やっぱり」と頷いた。

どうやら薄々気づいていたようだった。

「あれ？　でも、正式にお嫁さんにしたなら、どうして私たちに黙っていたの？」

「……えっと、それは」

「それは？」

「そのほうがエッチのとき、興奮するから」

自分で口にして、どんな理由だ、と思った。

ラビメアと内緒のエッチを楽しんでいるときは、実に最高のスパイスだったが、こうしてお嫁さんに打ち明けると、実にしょうもない。

「はぁ……ノルンったら」

「もう、お兄ちゃんったら」

ミーシアだけでなくチセも呆れ顔で苦笑いしていた。

「あ、あはははははは、ごめんね」

ノルンも笑うしかない。

悪いことをしたわけではないが、ミーシアとチセに隠し事をしたのは事実だ。

そこだけは反省している。

(うん。ボクがエッチなせいなんだけどね！)

「じゃあ、お詫《わ》びというか。みんなで仲良く、ね？」

◆

「……ああっ、三人とも……すごいっ、すごいよぉ！」

ノルンはベッドの上で大の字になって、少女たちの奉仕を受けていた。

ノルンの提案は、みんなで仲良くエッチをしようというものだった。

(せっかくお嫁さんが三人もいるんだから、みんな仲良くしてほしいし)

「ん、ちゅっ、ちゅうっ、ちゅるっ……んっ、ノルン、きもちいい？」

第一夫人のミーシアは、ノルンの乳首を啄むように舐め、

「……お兄ちゃん……ちゅっ、ちゅうっ、ちゅるるっ」

第二夫人のチセは、ノルンと夢中でキスをしている。

「ちゅるるるっ、ぢゅるっ、んぢゅるうっ、おにーさん、きもちいでしょ？」

第三夫人のラビメアは、ノルンの脚の間に陣取って、反り立つ逸物を咥えていた。

(――ああっ、まるで王様になった気分だ)

誰が見ても美少女の三人に、身体中を愛撫されるなど、そうそうありえることではない。

「ちゅっ、ちゅうっ、ふふっ、ノルンの乳首……硬くなったね、きもちいいんだ？」

少年の乳首を啄むミーシアが、嬉しそうに微笑んだのがわかった。

ざらっとしたミーシアの舌が興奮のせいで敏感になっている乳首に触れる度、甘い痺れがノルンに走っていた。

(ボク、男なのに、乳首舐められるのがこんなに気持ちよかったなんてっ!)

今まで前戯の愛撫としてされたことはあったが、今日のようにこうも丹念に乳首を集中して責められたことは初めてだ。

少年は、女の子の乳首を吸うことが大好きだが、吸われることも癖になりそうだった。

(まるで女の子になったみたいだ……あ、これやばい、絶対癖になっちゃう……かわいい猫耳のお嫁さんに乳首吸われるの気持ちよすぎるっ!)

乳首が蕩けてしまいそうな感覚を味わっていると、

「お兄ちゃん……わたしも、ちゃんと見てくださいっ、ちゅっ、ちゅうっ、ちゅっ」

唇を啄んでいたチセがちょっと不機嫌な声を出した。

頬を小さく膨らませて、ムッとしている仕草は実にかわいらしい。やがて、嫉妬心からかキスが徐々に激しくなっていく。

「んっ、ちゅっ、ちゅうっ……んむぅ、ちゅるるっ、ちゅるるるっ」

突然、啄むようなキスからにゅるり、と舌が伸びて少年の口内に入ってきた。

「――んんっ」

少年は少女を受け入れ、舌を絡める。

唾液が交わり、口いっぱいに甘酸っぱい唾液の味が広がっていく。

「んちゅうっ、ちゅるるるっ、んちゅ、ちゅるるっ」

幼さを残すチセが、夢中でディープキスをしてくれることへの興奮は大きかった。

(──夢中でキスしてくれるチセかわいいっ。ずっとこうしていたいっ!)

チセの舌が絡む度、甘みと酸味の混ざった唾液が口内に広がる。

ノルンも負けずに、少女の舌に吸い付き、唾液を嚥下し、嚥下させる。

「んちゅっ、ちゅるっ、んちゅるっ……んむっ、んんちゅるるるっ、んくっ」

呼吸することさえ忘れて、ふたりは無心で唇を重ね続けた。

そんな少年の硬くなった陰茎を丁寧にしゃぶるのは、ラビメアだ。

彼女は、お嫁さんの中で一番の巨乳を使って男根を挟み、乳房からはみ出した亀頭に吸い付いている。

メロンのようなたわわな乳房に陰茎が簡単に埋没しており、挟まれた竿から柔らかな心地いい刺激が脳まで伝わってくる。

「ぢゅるっ、ぢゅるるるるっ、んっ、ぢゅうっ……おにーさん、こっちにも集中してよぉ」

「──あむっ、ちゅうっ……はぁっ、ご、ごめんっ」

チセと吸い合っていた唇を一度離すと、ラビメアに謝罪する。

「あ……お兄ちゃん……もう……じゃあ、わたしもこっちを舐めますね」

キスを楽しんでいたチセは、唇が離れたことに残念そうな顔をすると、ミーシアが吸い付いていないほうの乳首に舌を伸ばす。

「ちゅっ、ちゅうっ、ちゅうっ……んっ、ちゅうっ」

「──ああっ、チセっ、それいいよぉ」

「んふっ……おにーさんったら、女の子みたいな声出しちゃってるぅ。かわいいー」

チセとミーシアのふたりがかりで乳首責めされてしまったノルンは、気持ちよさそうに声を出す。

そんな少年を見て、ラビメアは負けじと亀頭に吸い付いた。

「あーむっ……ぢゅるっ、ぢゅるるるっ、んぢゅぅ、んぢゅるるるっ」

「あああっ、ラビメアっ、それっ、それ、いいよぉ！」

巨乳に挟まれながら、亀頭を強めに吸われると刺激が凄まじい。

陰茎から伝う少女の唾液が、谷間に集まり潤滑油となって、少年の腰が浮いてしまった。

亀頭を吸われ、竿を扱かれる、二重の刺激に、少年の竿を扱く。

「あはっ、おにーさんって敏感でかわいいっ……あむっ、ぢゅるるるるるっ」

「──っ、ああっ、ラビメアっ、そんな強くされたらっ、出ちゃうっ」

「んぢゅるるるっ……ひーよぉ……らしてぇっ……ぢゅぞっ、ぢゅるるるるるっっ」

ラビメアはいつでも少年の射精を迎える準備が整っていた。

早く出してと言わんばかりに、亀頭に吸い付く力が強くなる。

ヌルヌルした谷間に納まる男根を挟んでこすりながら、刺激をこれでもかと与えてくる。

「もうっ、ノルンったらラビメアちゃんにばっかり集中して……私のこともちゃんと見てよね！」

「お兄ちゃん……わたしのことも忘れないでくださいね」

ラビメアのパイズリフェラに夢中になっていたノルンに、ミーシアとチセが興味を引こうと声をかけた。

かわいらしく頬を膨らませているのは、嫉妬からだろうか。ふたりはそのまま乳首を強く吸い始める。

「ちゅっ、ちゅうっ、ちゅううっ」

「ぺろ、ぺろっ、ちゅっ、れろぉ」

ラビメアに男根を独り占めされてしまっているため、ミーシアとチセはノルンの乳首に集中する。

ぴちゃぴちゃっ、と卑猥な水音を立てて、ノルンを刺激せんと乳首を夢中で舐めてくる。

ラビメアにペニスを、ミーシアとチセに乳首を責め立てられ、ノルンを襲う快感は凄まじいものだった。

「ああっ……ミーシアっ、チセっ！　そんなっ、ラビメアにフェラされながら、乳首吸われて……ボクっ、もうっ、出るっ、出ちゃうよぉ！」

三人のお嫁さんの責めに、ノルンの限界が近づく。

もう我慢できないと、腰と膝を震わせてしまう。

「ひーよ……出してぇ……ぢゅっ、ぢゅぞぞぞっ、ぢゅるるるるるっっ！」

「ラビメアっ、もうっ、だめっ、出るよぉぉぉぉおっ！」

亀頭への吸引力を増したラビメアのフェラに、ノルンの我慢があっという間に決壊してしまう。


――どくんっ、どくっ、どくっ、どくんっ！

「んんんーーーーーーっ」

ラビメアの口内に、熱を帯びた濃厚な精液が大量に解き放たれた。

「――んっ、ぐ、んんんっ、んむぅぅぅぅ」

勢いよく放たれた精子は、少女の口に納まりきらず、顔と谷間まで汚していく。

「はぁ……んっ、ああっ、おにーさんのせーしで、お口と胸が火傷しちゃうぅ」

とろん、とした瞳を潤ませて、恍惚とした表情を浮かべるラビメア。

（あ、精液の味と匂いで、今まで以上に発情しちゃった？）

そして、発情したのはラビメアだけではなかった。

「いいなぁ、ラビメアちゃん……私にもノルンの精子ちょうだい？」

「わ、わたしも、お兄ちゃんの精子欲しいですぅ」

顔を真っ赤にし、涙を瞳に溜めたミーシアとチセが、呼吸を荒くしていた。

身体が火照ったように上気した少女たちの視線は、ノルンのペニスに釘付けだ。

少女たちは、ラビメアに近づくと、彼女の顔や胸にかかっている精子を舐め取っていく。

「ちゅっ、ちゅうっ、ちゅるっ、んっ、ノルンの精子……美味しい……」

「あんっ、ミーシアちゃんっ、そんな舐めちゃやぁ、おにーさんのせーしがなくなっちゃうぅ」

ミーシアはラビメアの口周りを舐め、そのままキスをしながら精子を味わい嚥下する。

少女たちのキスは、まさに眼福だった。

(うわっ……ミーシアとラビメアのキスシーンとか、最高なんだけど！)

チセは、キスに加わらずに、大きな乳房に舌を這わせて精子を舐め取っていた。

「ぴちゃっ、ちゅっ、んっ、あむっ、ちゅるっ……お兄ちゃんの精子……おいしぃですぅ」

「んっ、あむっ、ちゅうっ……らめぇ、女の子にキスされて、おっぱい舐められて、きもちよくなっちゃうぅぅ」

ミーシアとチセは、ラビメアが独り占めした精子をすべて舐め終えるまで、止まらなかった。

おかげでちょっと寂しくなったノルンだったが、少女たちの絡みを堪能するのだった。

◆

「……ノルン、私……もう我慢できないよぉ」

「……お兄ちゃん……わたしも……、あそこ、切ないですぅ」

「おにーさんっ、あたしのこと選んでくれるよねっ？」

発情した少女たちが、服をはだけさせてベッドの上で四つん這いとなった。

それぞれ大きさが違うお尻をノルンに向けて、誘うように振る。

ショーツは膝まで下げられており、肛門も膣口も丸見えだった。

（――うはぁっ、すごい光景っ！　美少女がお尻丸出しで誘惑してくるなんて！）

少女によって、お尻の穴も、縦の割れ目も形が違うのだとはっきり見えるのが、壮観だった。

三人のお嫁さんの膣からは、とろとろの愛蜜が溢れていた。

早く、ノルンの陰茎を挿入してほしいとおねだりしているように見えた。

「誰から入れようかなぁ」

少年の言葉に、少女たちがより激しくお尻を振る。

私を選んでと、桃尻を揺らして必死に誘惑してくる。

「……ねぇ、ノルンぅ……もう我慢できないのぉ」

「お兄ちゃん……わたしも、エッチしたいですぅ」

「おにーさんっ、おちんちん入れてよぉ」

少女たちの誘惑に、ノルンの股間は痛いほど硬くなる。

（三人からひとりを選ぶなんて……ちんこが三本あればいいのにっ）

優柔不断な態度で、誰の膣から味わうのか決められないノルン。

右側でお尻を振るミーシアは、実に美味しそうだ。

肉付きがよく、といっても大きすぎるわけではない。

アナル周りも手入れが行き届いていて、いつまでも眺めていたくなる。

真ん中で、小ぶりのお尻を揺らすチセは、とてもかわいらしい。

お嫁さん三人の中で、一番控えめな性格がそのまま肉体に反映しているようだった。

ただし、ムチムチ加減は負けていない。むしろ、幼い体形なのに、肉付きがいいチセはいやらしく見えた。

愛蜜に濡れている秘部は、他の少女たちにも負けていない。

控えめな少女が恥部丸出しで、一生懸命誘惑してくれる姿に感動さえ覚えてしまう。

左側で、最も大きなヒップを突き出しているのはラビメアだ。

小柄なくせに、肉付きは一番いい。

お尻だけではなく、太ももむっちりしていて、手を伸ばして揉みしだきたくなる。

四つん這い姿を背後から見ても、はっきりとわかる大きな果実のような乳房が、お尻と一緒に揺れているのが実にエロい。

(うん！　みんな違ってみんないいね！)

いつまでもお尻を鑑賞していたいが、股間が爆発しそうなほど興奮してしまっているノルンは、かわいいお嫁さんたちと出会った順にエッチしていくことを決めた。

「じゃあ、ミーシアから入れるね」

「やったぁ……ああっ、入ってくるぅ……あっ、あああああっ！　ノルンのおちんちん……深いいいぃぃ！」

ノルンはベッドの上にあがると、ミーシアの背後から抱きしめるように挿入する。

にゅるんっ、となんの抵抗もなく男根が少女の膣に飲み込まれてしまう。

膣肉が柔らかく蠢き、ノルンのペニスが扱かれていく。

「──っ、ミーシアの膣内っ、ぬるぬるでっ、柔らかくてっ、最高だよぉ！」

「あんっ、うれしっ、いぃっ……ああっ、んあっ、はぁぁっ……ああんっ」

柔らかな膣壁が亀頭を優しく包んで刺激してくれる。

あっという間に膣奥に収まった陰茎は、蕩けた蜜に塗れて心地いい。

少女の熱が陰茎から伝わり、少年の心が温まっていく。

動かなくても気持ちいいが、もっと快感を味わいたい少年は、腰を引いて戻す。

ぐんっ、と勢いよく陰茎が動くと、少女から大きな嬌声があがった。

「──ひぁっ……んっ、はぁっ、んあっ、ノルンのっ、おちんちんっ、おっきぃっ、あぁんっ、ノルンっ、ノルンっ！」

「ミーシアっ、いいよっ、ほらっ、一緒に、腰を動かしてっ、ああっ、そうっ！」

ぱんっ、ぱんっ、ぱんっ、ぱんっ。

ミーシアのお尻にノルンの腰がリズミカルに当たる。

その都度、亀頭が少女の膣の入り口から最奥までを容赦なく抉っていく。竿先に少女の柔らかな膣肉が絡み、腰が抜けそうなほど心地よくてたまらない。

「いいなぁ……ミーシア」

「おにーさんったら、あたしのことおあずけするなんてぇ」

待った、をかけられた少女たちが、それぞれ頬を膨らませてかわいい嫉妬をする。

その間にも、少年はミーシアを味わい続けていく。

「ノルンっ、いいっ、いいのっ……あっ、ああっ、にゃぁぁぁっ、すごいぃっ、もうっ、私っ」

バックで突かれ続けていたミーシアが、絶頂を迎えそうになった。

すると、ぴたり、とノルンが動きを止めてしまう。

「――え？」

戸惑ったのはミーシアだ。

もう少しでイケたというのに、なぜ、とばかりに目を見開いていた。

「次はチセだね」

「は、はいっ。お兄ちゃん……お願いします――ぅっ、あっ、はぁぁぁっ、ふぅぅっ」

続いてノルンが選んだのは、真っ赤な顔をしてミーシアとノルンを見つめていたチセだった。

ミーシアの膣から男根を引き抜くと、隣で四つん這いになるチセの幼い割れ目に亀頭を埋没させていく。

幼い膣は狭く、ぎゅっとノルンのペニスを圧迫してくる。

「――くっ、何度味わってもキツいねっ！」

しかし、そのキツさが気持ちいい。

幼い膣は、陰茎を容赦なく締め付けて、刺激を与えてくる。

「ひゃぁぁぁっ、ふっ、ふぁ……お兄ちゃんのおちんちんっ……奥までっ、届いちゃいますぅっ！」

狭い膣壁をかき分けて、少年の陰茎が少女の子宮口に届いた。

全体的に小柄な少女のマ○コは膣壁が狭く、膣内も浅い。しかしノルンの陰茎はしっかりとチセの中に納まっていた。

「動くよ、チセ」

「ひゃ、ひゃぃ――っあ、ああんっ、ひゃぅっ、ひうっ、はげっ、しぃぃっ、ですぅっ」

細い腰をしっかり掴んで、少年は夢中で腰を振った。

ひと突きするごとに、結合部から蜜が噴き出し、チセはかわいい喘ぎ声を発して、ノルンを興奮させてくれる。

キュッ、と締まる膣内も、少年を楽しませようと、波打つように蠢いていた。

チセの膣はただキツいだけじゃない。

愛液を潤滑油にしているため滑りがよく、幼さの中にちゃんと女性らしい柔らかさも健在しているのだ。

ノルンの陰茎の形に慣れようとする膣肉の具合が、一生懸命なところがチセらしい。

「チセっ、いいよっ！　チセの膣内っ、キツいのに柔らかくて、いつまでも入れていたいっ！」

「嬉しいっ、ですぅっ……わたしの膣内でっ、気持ちよくっ、んっ、なってっ、はぁぁっ、くださいっ、いぃっ」

くちゅくちゅ、と狭い膣から卑猥な水音が響く。

ノルンの陰茎に膣内をかき回されて、少女の膣口が喘ぐ。

「あっ、ふぁっ、おにいっ、ちゃんっ……いいっ、いいですっ、わたしっ、もうぉ……くるっ、きちゃいますっ」

よだれを垂らして喘ぐチセは絶頂寸前だ。

頬は真っ赤になり、肌は火照って上気している。

陰茎を痛いほど膣肉が締め付けてきており、ノルンの精子を求めているのがよくわかった。

しかし、ミーシアのときと同じように、ノルンは動きを止めて男根を少女から抜いてしまう。

「――あ……あ、そんなぁ」

もう少しで絶頂できたはずのチセが、涙を浮かべて切ない顔をする。

（……このままイかせてあげたいけど、我慢我慢。次は――）

「それじゃあ、次はラビメアだよ」

「おにーさんっ、待たせすぎぃ！　早くぅ……ひぁぁぁぁっ、入ってくるぅっ！」

小柄なのに三人のお嫁さんの中で一番大きなラビメアのお尻を掴んで、一気に挿入する。

おあずけされていた間、ひとりで慰めていたのだろう。膣の蕩け具合が一番だった。

愛蜜でヌルヌルになった膣は、あっという間に、男根すべてを根元まで飲み込んでしまう。

「――っ、はぁっ、深ぃぃ……奥ぅ、おちんちんっ、届いてるぅぅ」

挿入されただけで、軽い絶頂を味わい身体を震わせている。

膣から蜜をポタポタと滴らせて、シーツにシミを作っていた。

「ミーシアとチセはイクの我慢してるのに、ひとりだけイッちゃうなんて悪い子だなぁ！」

「ひあぁっ、んっ、んあっ、らめぇっ、ごめんなさいぃぃっ、あたしっ、えっちでぇっ、ごめんらしゃいぃ」

強く腰を動かすと、ラビメアは呂律の回っていない嬌声をあげ始める。

このままでは再び少女は簡単に絶頂に達してしまう。

それではおもしろくないし、我慢させた少女たちにも悪い。

そこで、

「スケベなウサギにはお仕置きだっ！」

ノルンは、大きなお尻を掴んでいた右手を離すと、そのまま平手打ちをした。

――ぴしゃんっ！

「ひぎぃぃぃぃぃぃぃぃぃっっ⁉」

一度で済ますつもりはない。

――ぴしゃんっ、ぴしゃんっ、ぴしゃんっ！

繰り返し、尻叩きをすると、ラビメアの白いお尻が真っ赤になった。

「はぁーっ、はぁーっ、これぇ、しゅごぃ……」

（あ、逆効果だった）

お仕置きするつもりだったのだが、ラビメアにとってはご褒美になってしまったようだ。

瞳は蕩けきっており、だらしなく開いた唇からはよだれが垂れている。

身体を小刻みに痙攣させ、期待に満ちた目でノルンを見ていた。

「……こんなに気持ちよくなっちゃって……お尻を叩く度に、ぎゅっと締め付けてくるなんて、変態だねっ」

——ぴしゃんっ！

「ひぁぁぁぁぁぁぁぁぁぁっ！」

びくんっ、と大きくラビメアの身体が跳ねた。

このまま続ければ、彼女は尻叩きだけで絶頂してしまうだろう。

なので、ノルンはこれ以上彼女の尻を打つことをやめた。

そして、ラビメアから陰茎を引き抜く。

「——あ、ああ……もうちょっとだったのにぃ」

名残惜しそうな声を出すラビメアに、後ろ髪を引かれたが、順番だ。

なによりも、ノルンもそろそろ射精したかった。

「ミーシア……今度はミーシアの番だよ。お尻を上げて？」

「う、うん。でも、私には優しくしてね？」

恐る恐るお尻を上げる、ミーシアを安心させるように優しく撫でた。

ラビメアのように尻叩きをされるのは怖いのだろう。

ノルンも怖がる少女のお尻を叩く趣味はない。

ラビメアの場合は、あくまでもお仕置きだったからしただけだ。

「入れるよ、ミーシア。優しくするからね」

「うん……あっ、ああっ、入ってくるぅっ、ノルンのっ、おちんちんっ、戻ってぇ、きたぁ！」

にゅるんっ、と少女の膣は少年の男根を簡単に飲み込んでしまった。

先ほどよりも滑りが強い。

おあずけされていた間、オナニーをしていたのだろう。少女の膣は、蕩けきっていて、熱湯のような熱さを宿していた。

「おちんちんっ……熱ぃっ……んっ、はぁっ、にゃぁぁぁあっ」

ひと突きで、亀頭が膣奥に達してしまうと、ミーシアは、背をのけ反らせて口をパクパクと開いた。

「――あ、ああ、おくっ、おちんちんっ、とどいて、るぅっ」

彼女を強い刺激が襲っているのがわかる。

身体を痙攣させて喘ぐ姿は実にいやらしく、射精感が疼いた。

「動くよ、ミーシア！」

「あっ、あんっ……ノルンっ、いいよぉっ、うごいてぇぇ！」

少女の同意を得て、少年は彼女の腰をがっちり掴むと腰を勢いよく振っていく。

いい具合に蕩けた膣肉が、絶妙な快感を陰茎に与えてくれる。

歯を食いしばって、その快感に負けるものかと必死に堪える。

「んっ、にゃぁっ、ノルンっ……はぁっ、んっ、んにゃっ、にゃぁぁあっ、はげしっ、いいっ、いいよぉっ」

荒い吐息を吐き出しながら、ミーシアが気持ちよさそうに喘ぐ。

彼女の嬌声が耳に届くだけで、ノルンの興奮が大きくなる。

猫耳の美少女をお嫁さんにして、しかも彼女は献身的だ。そんなミーシアとの日々は、幸せの一言だ。

お嫁さんをふたり追加しても怒らないどころか、快く受け入れてくれる度量もある。

ノルンはミーシアに感謝していた。

ゆえに、その気持ちを込めて、彼女を気持ちよくさせようと懸命に腰を振った。

「にゃぁっ、んあっ、ノルンっ、ノルンっ、私ぃっ、もうっ」

一度、おあずけをくらっていたミーシアは、二度目の挿入で絶頂を迎えそうだった。

シーツを固く握りしめ、ノルンの腰使いに合わせて彼女もお尻を振る。

少女の膣肉は少年の陰茎に柔らかく絡みつき、早く射精してと言わんばかりに刺激してくる。

「……お兄ちゃん……あの、わたしも……」

「おにーさん……お尻、じんじんして、もう我慢できないよぉ……」

いざミーシアにラストスパートをかけようとしていたノルンに声がかかった。

ミーシアの気持ちよさそうな姿を見ていることしかできずにいるチセとラビメアである。

ふたりは身体をくねらせて、ノルンを誘った。

「どうしたの、ふたりとも？」

ノルンはあえて鈍感なフリをしながら、ミーシアに腰を打ち続ける。

「──あっ、はぁっ、にゃぁっ、ノルンっ、いいっ、いいのぉ！」

ミーシアはチセとラビメアが、羨む視線を向けていることに気づかず喘ぎ続けている。

「チセ、ラビメア、どうして欲しいのか言ってくれないと……なにもしてあげられないよ？」

少女たちは、一瞬躊躇いを見せたものの、放置されるのは嫌だったのだろう。

チセとラビメアは、意を決して口を開いた。

「……お兄ちゃんのおちんちんを……わたしにも……くださいっ」

「おにーさんっ、あたしともパコパコしよぉーよぉ。我慢できないのぉ」

控えめな性格をしたチセは、おねだりするのが恥ずかしかったのだろう、顔を真っ赤にして燃えてしまいそうな羞恥を抱えていた。

ラビメアには余裕があるようで、悩ましげにお尻を振って蜜を垂らす膣口を見せつけてくる始末だった。

（——ミーシアに入れながら、チセとラビメアにおねだりされるとか、最高すぎるよぉ！）

ぐんっ、と射精感が増していく。

早く、少女の子宮にたっぷり注ぎたいと主張するように、ミーシアの膣内で陰茎が跳ねる。

「——きゃぁっ、んっ、はぁぁっ、にゃっ、にゃぁぁっ、んっ、はぁぁんっ」

このまま三人を交互に挿入していくほどの余裕はなかった。

一度誰かに射精したい欲求がノルンを支配していた。

（——ちんこが三本あればいいのに……あ、そうだ、じゃあ、こうしよう）

おねだりをして少年の反応を待っているチセとラビメアにノルンは手を伸ばす。

そして、

「——ひぁやぁぁっ、ふっ、ふあぁぁぁぁっ」

「──んはぁぁぁぁぁぁっ、おにーさんっ、のっ、ゆびぃ！」

指を男根の代わりに挿入したのだ。

「んっ、はぁぁんっ、お兄ちゃんっ、膣内がっ、かき回されちゃいますぅ」

「おにーさんっ、おにーさんっ……それ、好きぃっ、もっとっ、ぐちゅぐちゅしてぇ！」

チセとラビメアに、ノルンの指は好評だった。

陰茎を挿入してもらえないのは残念だろうが、それでも放っておかれた挙句、他のお嫁さんが気持ちよくなっている姿を見せつけられて切ない思いをするよりはいいはずだ。

ノルンは、ミーシアに腰を打ち付け続け、チセとラビメアの膣を指でこねくり回す。

「──っ、はぁっ、ノルンっ、ノルンっ、私ぃっ、もうっ、もうぅっ！」

「お兄ちゃんっ、わたしもっ、くるっ、きちゃいますぅ！」

「おにーさんっ、おにーさんっ、あたしっ、もうっ、イっちゃうぅぅぅぅぅ！」

三人が揃って嬌声をあげ、絶頂寸前となる。

ノルンも少女たちと同じく、限界間近だ。

ミーシアの膣壁を味わいながら、チセとラビメアの膣肉を指で堪能することが、これでもかと興奮と刺激を与えてくれた。

「──っ、ボクも、もうっ、出そうだ！」

少年の訴えに、少女たちの目の色が変わる。

「ノルンっ、このままっ、膣内にっ、だしてぇ！」

「お兄ちゃんっ……わたしもっ、ほしいですぅっ」

「おにーさんっ、あたしの子宮がおにーさんのせーし、欲しがってるのぉ！」

三人のおねだりに応えたいノルンは、悩む。

結果、

「出るっ、出るよぉ！　お尻向けてっ、ぶっかけるから！」

誰かひとりではなく、三人平等に愛することを決めたのだった。

少女たちが、少年の射精を誘発するように、お尻を振る。

次の瞬間、

「ノルンっ」

「お兄ちゃん！」

「おにーさんっ」

「出るぅぅぅぅぅっ！」

——びゅるるるうっ、びゅるっ、びゅるるるるるるるうっっ！

ミーシアの膣から男根を引き抜き、大量の精が解き放たれた。

放出された白濁液はかつてない量だった。

三人の少女たちのお尻を、背中を、顔や髪までも白く染めていく。

「にゃぁぁぁぁあんっ、熱いぃぃぃぃぃ！」

「……はぁぁぁぁっ、火傷しちゃいますぅぅぅ！」

「んあぁぁぁぁっ、いくぅぅぅぅぅぅ！」

お嫁さんたちは火傷しそうなほど熱い精子を身体中に浴びて絶頂に達した。

ノルンの射精は、二度、三度繰り返され、すべてを出しきって満足したときには、少女たちは真っ白に染め上げられていた。

（——うわっ、出すぎだよぉっ……これも王の器の影響かな？）

自らが放った精液の量に驚きながらも衰えない男根は健在だった。

（まだまだいける！　今度はミーシアたちの子宮にたっぷり注ぎたいっ！）

「今度は誰とエッチしようかなぁ……あれ？」

ノルンは自らの男根を扱きながら、首を傾げる。

ベッドの上に横たわる少女たちが力なくうつ伏せになり、ぴくり、ともしないのだ。

「あ、あれ？　ミーシア、チセ？　ラビメア？　……あ、気絶してる」

王の寵愛を受けきった少女たちは、大きすぎる絶頂を迎えて意識を失ってしまったようだった。

まだまだ余裕があるノルンではあるが、大好きなお嫁さんたちに無理させるつもりはない。また起きたらエッチなことをしよう、とにんまりとした表情で企むと、横たわるお嫁さんたちを抱きしめ、自らも眠りにつくのだった。

エピローグ

ミーシアと、チセ、そしてラビメアと四人でセックスしてから一週間が経っていた。

とくに変わったことはなく、相変わらずエッチばかりして日々を過ごしている。

今日もラビメアが家に遊びにきたついでとばかりに、セックスをした。

たっぷり射精すると、彼女は嬉しそうに喜んでくれる。

「おにーさんのお嫁さんだから、いつでも好きなときにエッチさせてあげるからねっ」

そう言ってくれるラビメアは、奥さんとしてだけではなく、ノルンと同じく転生者というだけあって色々相談に乗ってくれる。

とくにノルンが転生前にしたかったエッチを叶えるべく手伝ってくれる大切な相棒となっていた。

ラビメアとミーシア、チセとの関係も良好だ。

ミーシアにとってはもともと隣人なので、仲がよかったというのもある。

チセも、親しみやすいラビメアにすぐに懐いた。

もっとも、四人揃ってエッチしているのだから不仲になるはずなどなかった。

「ノルン！」

ミーシアは相変わらず一家の大黒柱だ。
彼女が中心になって、家が回っている。
明るく、優しく、懐も深い。
美少女なのに性格もよく、なによりもノルンにたくさん尽くしてくれる。
「お兄ちゃん」
チセは、少しずつ控えめな性格が家族限定ではあるが改善されていった。
かつておどおどしていた少女はもういない。
いつも笑顔で働き者の美少女――それがチセだった。
「おにーさんっ」
そして、ラビメアもいる。
ノルンは幸せだった。
異世界転生してしまった理由や、こちらの世界の気になることもあるにはある。
だが、美少女のお嫁さん三人に囲まれて、エッチ三昧なのだ。
優先順位は考えるまでもない。
「――ボクの理想の異世界生活だ」
この幸せがいつまでも続いてほしい。
ノルンはそう願うのだった。

二次元ドリーム文庫 新刊情報

2D POCKET NOVELS NEW RELEASE

二次元ドリーム文庫 第416弾

異世界ハーレム物語2
～王宮美女たちと豪華4P!8P!12P!～

超人気同人漫画のノベライズ第二巻！　レスデア王国を訪れた直樹たちは女王のソフィーと王女のマリィから手厚い歓迎を受ける。さらに美女騎士たちや教会のエロシスターも交えて愛情と肉欲溢れる最高のハーレムプレイに蕩ける直樹の心と身体。その裏でとある計画が進行していることも知らず……。

2020年
8月下旬
発売予定!

小説●黒名ユウ　挿絵・原作●立花オミナ

本作品のご意見、ご感想をお待ちしております

本作品のご意見、ご感想、読んでみたいお話、シチュエーションなど
どしどしお書きください！　読者の皆様の声を参考にさせていただきたいと思います。
手紙・ハガキの場合は裏面に作品タイトルを明記の上、お寄せください。

◎アンケートフォーム◎　**http://ktcom.jp/goiken/**

◎手紙・ハガキの宛先◎
〒104-0041 東京都中央区新富 1-3-7 ヨドコウビル
(株)キルタイムコミュニケーション　二次元ドリーム文庫感想係

ボクの理想の異世界生活
ケモ耳美少女ハーレムでエッチな日常

2020年8月1日　初版発行

【著者】
市村鉄之助

【原作】
イチリ
（サークル：23.4ド）

【発行人】
岡田英健

【編集】
藤本佳正

【装丁】
マイクロハウス

【印刷所】
株式会社廣済堂

【発行】
株式会社キルタイムコミュニケーション
〒104-0041　東京都中央区新富1-3-7ヨドコウビル
編集部　TEL03-3551-6147 ／ FAX03-3551-6146
販売部　TEL03-3555-3431 ／ FAX03-3551-1208

禁無断転載 ISBN978-4-7992-1384-1　C0193